KB059500

# 궤변 말하기 대회

김동식 연작소설

김동식 연작소설

요다

# 차 례

프로그램 소개 ⬤ 06

사후보장보험에 가입하세요 ⬤ 09
〈모나리자〉는 죽습니다 ⬤ 29
이 세상은 컨베이어 벨트입니다 ⬤ 45
동물 귀신을 본 적 있나요 ⬤ 61
인류멸망위원회를 아십니까 ⬤ 77
죽음은 살아 있습니다 ⬤ 95
이곳은 외계의 휴양지입니다 ⬤ 109
우리는 모두 죄인입니다 ⬤ 123
저는 지구의 부스러기입니다 ⬤ 139
전생은 미래에 존재합니다 ⬤ 159
모든 궤변은 실패한 궤변입니다 ⬤ 179

에필로그 ⬤ 192
작가의 말 ⬤ 196

프로그램 소개

"전국 괴짜들의 반박 불가 궤변 배틀!"
이상하지만 재밌어! 재밌지만 심오해!
전국의 괴짜들은 여기에 다 모였다.
이것은 궤변인가, 우리가 놓친 진실인가.

　　　　　　　　　　　　프로그램 소개

〈궤변 말하기 대회〉의 회당 우승자에게는 1000만 원, 최종 우승자에게는 1억 원의 상금이 수여됩니다.

〈궤변 말하기 대회〉란? 회당 다섯 명의 참가자들이 준비한 궤변을 늘어놓습니다. 연예인, 전문가로 구성된 패널이 질문을 던지고 얼마나 막힘없이 대답하는지를 평가합니다. 궤변이 얼마나 논리적이고 그럴싸한지 완성도에 따라 우승자를 가립니다. 3년에 한 번씩 열리는 빅매치에서 우승자끼리 재대결을 통해 최종 우승자를 뽑습니다. 김치를 먹으면 죽는다, 나는 외계인이다, 모두 괜찮습니다. 빅맥과 결혼했다는 황당한 궤변부터 삼국지의 유비가 패왕이었다는 그럴싸한 궤변까지, 이곳에는 온갖 궤변이 다 모입니다. 세상의 비밀을 간직한 많은 분의 지원을 기다립니다.

사후보장보험에

가입하세요

"제63회 〈궤변 말하기 대회〉를 시작하겠습니다!"

진행자 최무정의 외침과 동시에 패널들의 함성이
터졌다. 그러나 진행과는 달리 바로 시작하지 않았다.
어차피 녹화방송이니까 오프닝만 먼저 따 놓을 셈이
었다. 첫 번째 참가자가 갑자기 화장실에 간 관계로,
최무정과 패널들은 한가한 시간을 보냈다. 시계를 힐
끔 본 최무정이 피디에게 말했다.

"두 번째 참가자 먼저 하는 게 낫지 않아?"

피디는 제작진과 잠시 의논하더니 손가락으로 오케
이 사인을 보냈다. 최무정은 고개를 끄덕이고 손에 든

대본을 뒷장으로 넘겼다.

"자, 두 번째 먼저 할 겁니다. 시작하겠습니다."

모두가 준비했음을 확인한 최무정은 무대를 향해 손을 뻗었다.

"그럼 첫 번째 참가자분을 모셔보겠습니다!"

환호와 함께 무대로 검은색 양복을 깔끔하게 차려 입은 30대 중반의 남자가 올라왔다. 그는 카메라를 향해 허리를 직각으로 굽혀 정중히 인사했다.

"안녕하십니까? 엄경훈이라고 합니다."
"네, 엄경훈 씨. 무척 예의가 바르시군요."
"과찬이십니다."
"그럼 궤변을 시작하시죠."

조명이 스탠딩마이크 앞에 선 엄경훈을 비췄다. 모

두가 그럴싸한 궤변이 나오길 기다렸으나, 그들의 기대는 빗나갔다.

"저는 오늘 궤변을 말하기 위해 온 게 아닙니다."
"예?"
"저는 오늘 상품을 하나 소개하러 왔습니다."
"상품이요?"

최무정은 이 정도에 당황하지 않았다. 이상한 콘셉트를 꾸며 오는 참가자가 어디 한둘이었던가.

"좋아요. 어떤 상품인지 들어 보겠습니다. 한번 말씀해 보시죠."

엄경훈은 양팔을 넓게 펼쳐 보이며, 자신감 있는 태도로 말했다.

"노후를 준비하던 시대는 지났습니다. 이젠, 사후를 준비할 시대입니다."

'그럼 그렇지, 궤변이지.' 최무정은 고개를 끄덕이고는 질문을 던졌다.

"노후 대신 사후라? 죽은 뒤를 준비해야 한단 말입니까?"

"그렇습니다."

"어떻게요?"

"사후 세계. 즉, 지옥을 미리 대비하자는 말입니다. 제가 지옥에서 계약을 따냈습니다. 이 상품에 가입하시면 여러분의 사후가 보장됩니다."

"마치 보험 영업 같네요. 어떤 상품입니까?"

엄경훈은 패널들을 향해 과장된 손짓을 하며 말했다.

"여러분! 인생에서 가장 낭비되는 시간이 언제입니까?"

누군가 대답하려 했지만, 엄경훈은 애초에 들을 생각이 없던 것처럼 자문자답했다.

"바로 잠자는 시간입니다. 인생의 3분의 1은 잠으로 낭비되고 있습니다. 이 시간이 얼마나 아깝습니까? 괜히 위인들이 잠을 하루 두세 시간으로 줄인 게 아닙니다. 물론, 그래서 다 일찍 죽었죠. 건강을 유지하려면 최소 일곱 시간은 자야 합니다. 얼마나 아깝습니까? 헛되이 낭비되는 여러분의 그 수면 시간을, 사후 준비로 사용할 수 있게 해 드립니다!"

"어떻게요?"

한 아이돌 패널이 질문을 던진 순간, 엄경훈은 마침 잘 걸렸다는 듯 그녀를 뚫어지게 보며 말했다.

"이 상품에 가입하시면 여러분은 꿈속에서 지옥을 미리 체험하게 됩니다. 그러면 나중에 여러분이 죽어서 지옥에 갔을 때, 생전에 체험한 만큼의 시간을 차감해 주는 겁니다!"

그녀는 어리둥절한 표정을 지었지만, 엄경훈은 웃는 낯으로 이어서 설명했다.

"그렇습니다! 지옥! 여러분 모두 언젠가는 지옥에 가지 않겠습니까? 그럼 그때 가서 각자 지은 죄에 따라 수십에서 수백 년씩 형이 집행될 텐데, 그 고통의 시간이 얼마나 길겠습니까? 그런데 만약 그걸 에누리할 수 있다면 어떻습니까? 꿈에서 지옥을 경험하는 것으로 말입니다!"

이게 다 무슨 말인가? 사람들은 쉽게 이해하지 못했지만, 엄경훈은 이것이 정말 대단한 상품인 양 자신감이 넘쳤다.

"더 좋은 혜택이 뭔 줄 아십니까? 지옥을 미리 당겨서 겪으면 이자가 붙는다는 겁니다! 그것도 복리로요! 복리의 마법은 아시겠지요? 일찍 가입하면 가입할수록 이득입니다!"

미간을 찡그린 채 지켜보던 최무정이 그의 말을 정리하며 되물었다.

"그러니까 그 상품 말입니다. 나중에 죽어서 지옥에 가면 받을 벌을 지금 꿈속에서 미리 받으라는 말입니까?"

"예, 그렇습니다!"

"그럼 결국 조삼모사 아닙니까? 복리 이자가 붙는다고 해도 그게 과연 이득입니까?"

엄경훈은 예상한 질문을 받은 듯, 검지를 번쩍 치켜세우며 의기양양 말했다.

"바로! 그 부분에서 이 상품이 매력 있는 겁니다. 여러분이 지금 머릿속으로 상상하는 모습은 어떻습니까? 악몽처럼 침대에서 고통에 몸부림치며 식은땀 흘리는 모습입니까? 아닙니다! 실제 뇌의 작용과 상관없는 영혼 이동의 형태이기 때문에 신체에 전혀 영향을 주지 않습니다. 고통받는 건 여러분의 영혼이지 육체가 아니거든요. 또한, 잠에서 깨자마자 여러분은 꿈의 내용을 모두 잊어버립니다. 지옥의 보안 시스템 때문이죠. 결국, 간밤에 내가 지옥을 경험했다는 것 자체를 의식하지 못하고 평소와 똑같을 겁니다. 현재의 삶에 아무런 영향을 끼치지 않는 것이죠!"

"아니, 그래도 꿈속에서의 그 순간은 고통받는 거 아닙니까?"

"기억이 안 나는데요? 세상만사 모든 게 알기 전까지는 없는 겁니다. 영원히 알 수 없다면 그 고통도 없는 게 되죠."

"무슨 논리입니까 그게?"

"단순하게 생각하자는 겁니다. 잠들기 전의 나와 깨어난 후의 내가 변함이 없다는 거죠. 이거 완전히 공짜 아닙니까? 아무것도 하지 않아도 편안한 사후를 준비할 수 있다니! 평생 낭비되는 잠자는 시간을 알차게 쓸 수 있다니! 게다가 이자가 복리라니! 이쯤 되면 가입하지 않는 게 멍청한 일 아닙니까? 네?"


엄경훈은 동의를 구하듯 한 사람 한 사람 눈을 맞췄다. 좀 전에 질문을 던진 아이돌이 뭔가에 홀린 듯 물었다.


사후보장보험에 가입하세요

"어떻게 가입하는 건데요?"

"아주 간단합니다. 이런 손 모양을 한 뒤 '나 엄경훈은 지옥 수면 가입에 동의합니다'라고 선언하시면 됩니다."

손가락 두 개를 꼬아 세운 그 모양을 몇몇 패널이 흉내냈다.

"잠깐만요. 엄경훈 씨."

장내가 소란해지자 최무정이 눈을 가늘게 뜨며 물었다.

"그 상품은 중대한 허점이 있습니다. 원래 지옥에 안 갈 사람이 그걸 가입하면 손해 아닙니까? 천국에 갈 건데 괜히 꿈에서 지옥만 경험하게 되는 일이지 않습니까?"

그 말을 들은 패널들은 후다닥 손 모양을 풀었다.

엄경훈은 달리 반박하지 않고 고개를 끄덕였다.

"맞습니다. 어차피 지옥에 안 갈 사람이라면 사후를 준비할 필요가 없지요. 하지만!"

엄경훈은 스튜디오를 한 바퀴 크게 둘러보았다.

"여러분은 자신하십니까? 정말로 나쁜 짓을 하나도 안 했다고 생각하십니까? 난 절대 지옥에 안 갈 거라고 확신하십니까?"

패널들은 눈만 끔뻑거렸다.

"살면서 누군가의 가슴에 못은 아닐지라도, 압정 하나 박지 않은 사람이 과연 있을까요? 지옥행의 기준은 모르겠지만, 여러분은 살면서 개미 한 마리 죽인 적 없다고 자부하십니까? 그렇습니까?"
"으음."
"혹시, 어쩌면, 만약을 대비하자는 말입니다. 해 둬

서 나쁠 게 없다면, 안 할 이유가 없지 않습니까? 어차피 내 삶에 영향이 없는데."

엄경훈은 한순간도 말에 막힘이 없었다. 그는 별안간 크게 웃음을 터트린 뒤 부드러운 톤으로 목소리를 바꿔 말했다.

"좋은 건 나누라지 않습니까? 여러분도 저도 다 홍익인간이지 않습니까? 방송을 통해서 이 좋은 걸 알릴 수 있음이 너무나도 기쁩니다. 제 목표는 전 국민이 저와 같이 사후를 대비하는 겁니다. 노후를 대비하는 건 옛말입니다. 이젠 노후가 아닌 사후를 대비하는 시대가 왔습니다, 여러분! 낭비하고 있는 꿈을 이용해 사후를 대비하시길 바랍니다!"

몸짓까지 섞으며 열변을 토하는 엄경훈의 열정적인 모습에 최무정은 감탄했다.

"발성이 정말 좋으시네. 알겠습니다. 그럼!"

최무정의 눈빛이 짐짓 날카로워졌다.

"그 궤변의 근거를 들어보겠습니다. 그 모든 걸 엄경훈 씨는 어떻게 아셨습니까?"

"꿈에서 소통했습니다. 한 번이면 몰라도, 매일 같은 꿈을 꾼다면 그걸 진짜라고 믿을 수밖에 없지 않습니까? 악마는 저를 선택했습니다. 제가 일을 잘할 거라는 걸 알고 있었으니까요."

"과연 그렇습니다. 방송에서 긴장도 안 하시고 말을 아주 잘하시니까 말입니다. 이게 방송에 나가면 아마 많은 분이 가입하실 것 같습니다."

"감사합니다."

"근데 그냥 꿈을 꿨다는 게 너무 불명확하지 않습니까? 뭔가 더 증명할 수 있는 건 없습니까?"

"여러분을 설득할 만한 근거는 없습니다."

"없다고요?"

"없지만, 개인적으로는 확신합니다."

"왜죠?"

엄경훈의 입꼬리가 살짝 올라갔다. 지금까지와 달리 그는 서늘한 표정으로 설명했다.

"악마. 악마라는 점 때문에 말입니다."

"그게 무슨 말입니까?"

"악마의 성질을 생각해 보면 말입니다. 저는 짐작이 되더군요. 이 상품이 정말 악마적인 상품이라는 것을요. 제가 제대로 홍보할 이런 기회를 만나지 못했기에 아직 이 상품의 가입자가 많지 않습니다. 그런데 가입자인 지인을 통해 제가 가지고 있던 한 가지 의문을 풀 수 있었습니다. 만약 '지옥의 형벌을 초과하면 어떻게 되지?'라는 의문 말입니다."

"지옥의 형벌을 초과한다라….."

"예. 만약 내가 살면서 지은 죗값을 꿈속에서 다 치른다면 어떻게 되는지 말입니다. 정말 착하게 살아 왔던 지인이 유일하게 기억나는 꿈이 있다며 말해 주더군요. 그는 꿈속에서 이런 알림이 온다고 했습니다. '당신은 그간 저지른 악행의 죗값을 모두 치렀습니다. 그러나 계약상, 당신이 죽을 때까지 이 상품은 멈

추지 않습니다.' 이 계약은 가입한 순간 죽을 때까지 유지할 수밖에 없는 보험인 겁니다."

"중도 해지가 안 된다니. 참, 정말 악마적인 계약이군요."

최무정이 혀를 차며 탄식하자 엄경훈이 낮은 목소리로 물었다.

"모르시겠습니까?"

"예?"

"저 알림을 굳이 알려 주는 의미를 말입니다. 지옥에 관한 다른 모든 건 기억하지 못하게 하면서, 이런 알림은 기억에 남도록 하는 의도를요."

"그게 뭘까요?"

"찻값을 다 치르더라도 어차피 차감 시간은 복리로 계속 쌓입니다. 여러분은 쓰지 않는 포인트가 계속 쌓인다면 어떻게 하시겠습니까? 그냥 낭비합니까? 아니면, 아까워서라도 막 씁니까?"

"아…! 설마?"

"네. 저 알림을 받은 사람들은 어쩌면 이렇게 생각하지 않을까요? '나는 앞으로 죄를 조금 더 저질러도 되겠다' 하고 말입니다. 사람들이 좀 더 쉽게 악행을 저지르게 하는 것. 그게 악마의 진정한 목적이란 생각이 든 순간, 저는 확신하게 되었습니다. 제게는 그것이 바로 가장 확실한 근거입니다."

말을 마친 엄경훈은 빙긋 웃었고, 사람들은 할 말을 잃었다. 최무정은 찡그린 인상을 풀지 못한 채 물었다.

"말처럼 될지는 모르겠지만, 그렇게 된다면 세상이 더 나빠지는 건데 그걸 광고하시는 겁니까?"

"좋게만 쓰면 좋은 일이니까요."

"그래요? 그럼, 엄경훈 씨가 그 상품을 열심히 팔아서 얻게 되는 이득이 뭡니까?"

엄경훈은 씨익 웃었다.

"아주 조금의 수수료입니다. 제가 지은 죄가 많아서, 남은 평생 혼자 힘으로 지옥을 벗어날 수 없을 것 같았거든요."

최무정이 찝찝한 얼굴로 엄경훈을 바라볼 때, 한 패널이 큰 목소리로 끼어들었다.

"그런데요! 악마의 의도를 알고도 사람들에게 상품을 판매한 것도 악행 아닐까요? 그 악행도 지옥의 죗값이 될 것이란 생각은 안 드세요? 그 죗값도 수수료로 메울 수 있다고 확신하세요?"

"그건…."

반사적으로 입을 뗀 엄경훈은 이내 미묘한 표정이 되었다. 오늘 처음으로 그의 말문이 막혔다.

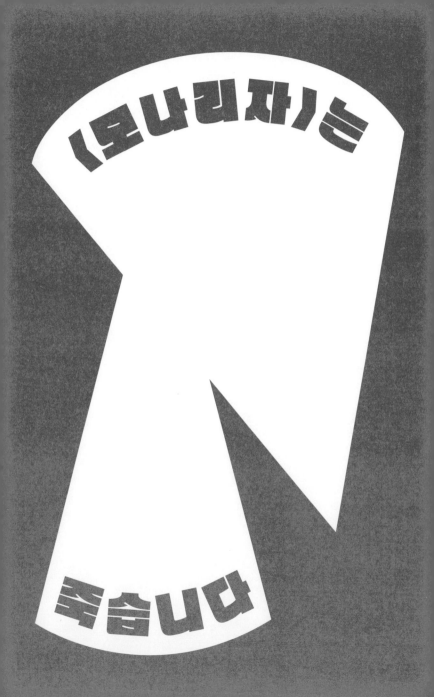

〈궤변 말하기 대회〉의 100회 특집은 생방송으로 진행되었다. 첫 출연자는 평범한 30대 남성이었다. 하지만 그가 정말 평범했다면 제작진이 특집 방송에 출연시킬 리 없었다.

"김남우 씨? 좋습니다. 그러면 얘기를 들려주시죠."

최무정의 진행에 모두가 숨죽이고 김남우를 바라보았다. 어떤 이야기가 나올까, 벌써 기대하며 웃는 패널도 많았다. 다소 긴장한 듯한 김남우는 조심스럽게 입을 열었다.

"…이 죽습니다."

"조금 더 크게 말씀해 주시죠. 누가 죽는다고요?"

"네. 그리고 〈모나리자〉가 죽습니다!"

"하하!"

패널들 사이에서 웃음이 터졌다. 최무정이 그의 말을 되짚으며 물었다.

"모나리자, 우리가 다 아는 그 모나리자가 죽는단 거죠? 근데 그분 이미 돌아가시지 않았나요?"

패널석에서 또다시 웃음이 터져 나왔지만, 김남우는 별다른 반응 없이 하던 말을 이어갔다.

"〈이등병의 편지〉가 죽습니다."

"예?"

"도스토옙스키의 『죄와 벌』이 죽습니다."

"무슨….."

"『어린 왕자』가 죽습니다."

"무슨 말입니까 도대체?"

최무정과 패널들은 이해를 못 하겠다는 제스처를 보였다. 김남우는 그제야 본론을 시작했다.

"인간의 삶이 아름다운 이유는 유한하기 때문입니다. 우리는 모두 언젠가 죽습니다. 그래서 우리는 열정적으로 삶을 삽니다. 인간의 삶이 영원하지 않기에 에베레스트산 등반이 위대한 것입니다. 영원하지 않을 걸 알기에 첫사랑의 입맞춤이 소중한 겁니다. 영원하지 않기에 수많은 위인의 업적이 빛나는 겁니다. 인간은 영원하지 않기에 아름다운 존재입니다."

김남우의 발언이 길어지고 있었다. 이 프로그램에서 발언이 끊기지 않는다는 건 잘하고 있다는 증거다. 그때 최무정이 핵심적인 질문을 던졌다.

"그래서, 무슨 말을 하고 싶으신 겁니까? 〈모나리자〉가 죽고 『죄와 벌』이 죽는다는 게 무슨 말이죠?"
"말 그대로입니다. 인류의 축복이었던 필멸은 이제 인류만의 것이 아닙니다. 인류가 만들어 낸 모든 것이 필멸합니다."

"예? 뭐라고요?"

"비유하자면, 〈모나리자〉와 『죄와 벌』이 늙어서 죽을 거라는 말입니다."

패널은 물론, 방송을 지켜보던 모든 이들이 그 뜻을 이해하기 위해 머리를 굴렸다. 그림과 소설이 늙어 죽는다니, 무슨 말일까? 패널 중 포크 가수 한 명이 참지 못하고 외쳤다

"〈이등병의 편지〉가 죽으면 어떻게 됩니까? 제가 가장 사랑하는 노래인데."

김남우는 가수를 보며 대답했다.

"사람이 죽었을 때와 똑같습니다. 소멸합니다. 이 세상에서 모든 물리적 흔적이 사라집니다."

"예? 그게 무슨 말입니까? 이해가 안 가는데요?"

"인터넷, MP3, CD, 테이프, LP판, 세상 어디에서도

그 노래를 찾을 수가 없습니다. 누구도 〈이등병의 편지〉라는 노래를 듣지 못하게 됩니다. 그것을 좋아했던 사람들은 떠오르지 않는 무언가를 기억하려 애쓰겠죠. 하지만 그것도 잠시, 시간이 흐를수록 그것의 형태는 왜곡되고 이내 잊히게 될 겁니다. 사람들이 기억하는 건 그저 어떤 명곡이 있었다는 기억, 그 명곡을 참 좋아했었다는 감정뿐입니다. 음도, 가사도, 무엇 하나 이 세상에 남지 않습니다. 그렇게 됩니다."

뜻밖의 이야기에 모두 놀랄 때 소설가인 패널도 외쳤다.

"『죄와 벌』이 죽으면 그것도 똑같습니까?"
"그렇습니다. 어떤 훌륭한 무언가가 있었다는 느낌만 존재할 뿐, 『죄와 벌』이라는 제목조차 떠올리지 못할 겁니다."

패널들이 제각기 이해한 것을 확인하기 위해 웅성웅성 수군거렸다. 최무정은 김남우의 발언을 정리해서 되물었다.

"그러니까, 지금 김남우 씨의 주장은 작품에 수명이 있단 말입니까? 마치 생명체처럼?"

"그렇습니다."

다른 곳이었다면 미친 소리라고 했겠지만, 이 프로그램에서는 달랐다. 이건 감탄사가 나오는 훌륭한 궤변이다. 역시나 그 순간, 궤변을 인정받은 참가자라면 어김없이 듣는 질문이 던져졌다.

"왜죠?"

김남우는 막힘없이 대답했다.

"일차적으로는 포화에 도달했기 때문입니다."

"포화요?"

"'하늘 아래 새로운 것은 없다.' 아주 오래전부터 내려온 말입니다. 하지만 여러 세기에 걸쳐 새롭다는 평을 들을 만한 것은 늘 있었습니다. 최근에 그 임계점을 찍기 전까지는 말입니다. 지금은 진정으로, 새로운 것이 없는 시대입니다. 큰 틀에서 보면 모두 재해석일 뿐이죠."

"흠, 글쎄요? 일단 계속 들어 보겠습니다. 그게 작품의 죽음과 무슨 상관이 있습니까?"

"임계점에 도달한 가장 큰 이유는 극대화된 연결성 때문입니다. 인터넷의 발달 이후 전 세계는 국경 없이 자유롭게 교류할 수 있었고, 하늘 아래 무엇이 있는지 쉽게 알 수 있게 되었습니다. 알면 피할 수 있습니다. 자연스럽게 인류는 그 어떤 시대보다 새로운 것을 단기간에 쏟아 내기 시작했습니다. 그 결과 임계점에 도달한 겁니다. 이제 인류가 무엇을 만들어도 그것은 모방과 변주에 불과합니다."

패널 중 몇몇 창작가들은 김남우의 마지막 문장에 공감했다. 김남우는 쉴 틈 없이 말했다.

"더는 새로운 것이 없기 때문에 〈모나리자〉가 죽어

야만 하는 겁니다. 『죄와 벌』이 죽어야 하고, 〈예스터데이〉가 죽어야 하고, 『노인과 바다』가 죽어야 합니다. 예술작품의 수명이 유한해야만 새로운 순환이 가능해집니다."

하지만 최무정은 날카롭게 지적했다.

"잠깐. 새로운 순환이 왜 필요합니까? 100에서 99가 되었다가 다시 100이 되어 봤자 어차피 똑같은 것 아닙니까?"

김남우는 그 질문을 예상했다는 듯 대답했다.

"처음으로 돌아가서, 인간의 삶이 아름다운 이유는 유한하기 때문입니다. 이미 모든 것이 존재하고, 더불어 그 모든 것이 무한하다면, 그것들은 당연한 것이 됩니다. 당연한 것에는 가치가 없습니다. 그러나 그것들이 죽는다면, 죽기 때문에 소중합니다. 죽을 걸 알면서도 했기에 아름답습니다. 모든 것은 필멸함으로

써 빛나는 겁니다. 애초에 예술작품은 영원함에 대한 인간의 욕망이 깃든 것입니다. 자신의 혼과 이름과 창조물을 남기고 싶은 그 영생의 욕망 말이죠. '삶은 짧고 예술은 영원하다'는 격언이 왜 있겠습니까. 그런데 과연 영원한 예술작품이 좋기만 한 걸까요? 당장 얼마 뒤 발표될 노벨문학상 작품이 영원하지 않다면 어떻게 될까요? 그 작품의 가치는 지금보다 높아질 겁니다."

가히 궤변 중의 궤변이었다. 감탄하는 패널 중에는 이미 김남우의 우승을 점찍는 이들도 있었다. 하지만 프로 진행자 최무정은 만만치 않았다. 그는 김남우를 향해 결정적인 질문을 던졌다.

"좋습니다. 그럼 그렇다 치고, 어떻게 그게 가능하다는 말입니까? 현실적으로 『죄와 벌』이 어떻게 죽습니까? 전 세계에 있는 모든 책을 누가 불태우기라도 한단 말입니까?"

김남우는 역시나 막힘없이 입을 열었다.

"기술의 발전은 언젠가 인류를 영생의 길로 인도할 겁니다. 이미 우주 저 멀리에 인류보다 발전한 외계 문명이 있습니다. 그들은 모든 것이 영원했습니다. 생명도, 자원도, 시간도, 문화도, 모든 것이 다. 그 영원 속에서 어마어마한 시간이 지난 뒤에야 그들은 깨달 았습니다. 모든 게 영원하기 때문에 아무것도 할 이유가 없고, 아무것도 하지 않으면 존재할 이유도 없다는 것을 말입니다. 자신들이 이룩한 영원을 후회한 그들은, 겨우겨우 의미 있는 일 하나를 찾아냈습니다. 다른 문명이 자신들과 같은 전철을 밟지 않도록 하는 것 말입니다."

김남우는 손가락으로 하늘을 가리켰다.

"그래서 그들은 블랙홀 발견 여부를 척도로 고도화된 문명을 찾아다녔습니다. 그리고 드디어 우리 인류가 그들에게 발견되었습니다. 인류가 블랙홀 관측에

　　　　　　〈모나리자〉는 죽습니다

성공하면서 말이죠."

"오. 그것 참 흥미롭군요."

"그들은 인류가 언젠가 그들처럼 모든 영원에 닿을 것을 예견했습니다. 그 결과, 그들은 인류의 모든 것에 필멸성을 부여했습니다. 그래서 〈모나리자〉가 죽고, 『죄와 벌』이 죽는 겁니다."

최무정은 예상치 못한 답변에 감탄했다. 하지만 김남우의 이야기는 아직 끝나지 않았다.

"단순히 작품에서 끝나지 않습니다. 인류가 만든 모든 문명은 먼 훗날 필멸할 겁니다. 예컨대, 언젠가는 축구가 죽을 거란 말입니다. 그러면 사람들은 공으로 하는 스포츠 하나를 잊어버리게 되겠죠. 언젠가는 속옷도 죽습니다. 필요에 의해 금방 다시 개발되긴 하겠지만…."

김남우는 마치 사형선고인처럼, 패널들을 하나하나 가리키며 거침없이 내뱉었다.

"힙합도 죽습니다. 낚시도 죽습니다. 애완동물도 죽습니다. 춤도 죽습니다. 농구도 죽고, 라면도 죽습니다. 공산주의도 민주주의도 죽습니다. 모든 것들이 언젠가는 죽고, 우리 인류가 그 빈자리를 새롭게 채울 겁니다. 필멸과 탄생이라는 이상적인 순환 구조를 외계인이 선물한 것입니다."

모두 황당했는지 김남우의 말이 멈추자 장내에도 침묵이 흘렀다. 하지만 피디는 환호했다. 방송은 단연코 성공이었다. 최무정도 웃으며 진행을 이어 나갔다.

"이거 첫 번째 참가자가 너무 센 거 아닙니까? 김남우 씨의 궤변 잘 들었습니다. 방송을 보시는 몇몇 분은 진짜라고 믿으실지도 모르겠습니다."

"궤변이 아니라 진짜입니다. 이 생방송이 나가는 도중에도 한 작품이 죽었습니다."

"뭐라고요?"

"제가 이 무대에 올라 가장 처음으로 말했던 작품이 뭔지 떠올려 보시죠. 〈모나리자〉 전에 말했던 그것 말입니다."

　패널들은 미간을 찌푸렸다.

　뭐였지? 그게 뭐였더라…? 분명 몹시 유명하고 아름답고 훌륭한 무엇이었는데….

이 세상은

너무도 불투명하니까

〈궤변 말하기 대회〉의 녹화가 시작되자, 진행자 최무정이 패널석을 바라보며 말했다.

"오늘은 아주 특별한 날이죠? 코미디언 지석해 선배님의 환갑 생신입니다!"

최무정이 박수를 유도하자 모두가 지석해를 향해 손뼉을 쳤다. 곧 제작진들이 패널석에서 케이크를 하나 들고 나타났다. 쑥스러워하며 웃는 지석해에게 최무정이 소감을 부탁했다. 지석해는 짧게 말했다.

"나이는 숫자에 불과합니다. 제가 그걸 증명해 보이겠습니다. 40년 뒤에도 여기서 뵙겠습니다."

한바탕 축하와 환호가 쏟아진 뒤, 최무정이 상황을 정리하고 진행을 이어 나갔다.

"자, 제69회 〈궤변 말하기 대회〉의 첫 번째 참가자는 어떤 분일까요? 어떤 궤변이 우리를 즐겁게 할까요? 지금 무대로 모셔 보겠습니다!"

박수와 함께 무대로 누군가 올라섰다. 서른 중후반으로 보이는 건강한 체격의 남자였다. 그는 중저음의 굵은 목소리로 자신을 소개했다.

"안녕하십니까? 배강호입니다."
"네, 배강호 씨. 목소리가 정말 좋으시군요."
"감사합니다."

최무정은 대본을 보며 깜짝 놀란 듯 물었다.

"오! 상당한 동안이십니다. 실제 나이가 어떻게 되시죠?"

"52세입니다."

"와아!"

여기저기서 놀란 반응이 터져 나왔고, 비결을 묻는 질문에 배강호가 웃으며 대답했다.

"젊은 시절부터 운동을 꾸준히 해 왔습니다."

"대단하시네요! 과연 준비해 오신 궤변도 대단할지 들어 보겠습니다. 시작하시죠!"

스튜디오의 모든 조명이 꺼지고 핀 조명 하나만 배강호를 비췄다. 모두가 주목하는 가운데, 배강호가 첫 마디를 내뱉었다.

"이 세상은 컨베이어 벨트입니다."

패널들의 의아한 표정이 카메라에 잡혔다. 때마침 최무정이 질문을 던졌다.

"컨베이어 벨트가 무슨 뜻이죠?"

"비유입니다."

"무슨 비유죠?"

"공장을 상상해 보시면 됩니다. 공산품들이 컨베이어 벨트 위에 놓인 채 제조 과정을 거치는 모습을 말입니다."

여전히 어리둥절한 패널들의 표정이 다시 카메라에 담겼다. 답답함을 느낀 최무정은 재차 물었다.

"어떤 그림을 말씀하시는지는 알겠는데, 그게 왜 이 세상이란 말입니까?"

"인간이라는 제품이 이 세상을 거치고 있기 때문입니다."

"인간이라는 제품?"

배강호는 손가락으로 자신의 몸을 가리켰다.

"제가 바로 양품이지요."

이어서 그는 패널석을 가리켰다.

"코미디언 지석해 님도 양품이고 말입니다."

사람들의 시선이 배강호의 손가락을 따라 움직였다.

"양품이라 함은?"
"좋은 제품이란 뜻입니다."
"아, 네. 그건 아는데."

배강호는 최무정의 말을 끊고 목소리를 높였다.

"사람은 왜 사는 걸까요!"
"갑자기…?"
"사람이 태어나 성장하고, 꿈을 이루고, 가정을 이
루고, 늙고, 죽는 이유가 뭘까요? 사람은 무엇을 위해
산단 말입니까?"

막연한 그 질문에 사람들은 눈만 끔뻑거렸다. 배강

호는 대답을 기다리지 않았다는 듯 다시 물었다.

"그럼 이 세상은 왜 이런 겁니까?"

"예?"

"이 세상은 도대체 왜 이 모양 이 꼴이냐는 말입니다. 30년간 가정을 돌본 어머니가 암에 걸리는 이유가 뭡니까? 미성년자가 술에 취해 운전대를 잡고 한 가정의 가장을 치어 죽이는 이유가 뭡니까? 조용한 주택가에 불이 나서 어린 형제가 끌어안고 타 죽어야 하는 이유가 뭡니까?"

다소 격한 배강호의 질문에 누구도 대답하지 못했다. 배강호는 더욱 크게 외쳤다.

"이 세상은 위험합니다. 이 세상은 거지 같습니다. 이 세상은 때로 지옥처럼 느껴지기도 합니다. 그런데 사람은 왜 태어나 이 세상을 사느냐는 말입니다. 왜? 무엇을 위해? 무엇을 위해 악을 쓰며 경쟁하고, 협력하고, 노력하고, 또 운에 기대고, 살고자 발악하고, 이렇게 악착같이 이 세상을 살아가느냐고요!"

배강호는 강렬한 눈빛으로 좌중을 돌아본 뒤 물었다.

"그리고 우린 왜 죽음을 두려워하는 겁니까? 왜 죽음을 무서워하고, 안타까워하고, 슬퍼하고, 회피하는 겁니까?"

배강호가 질문만 끊임없이 되풀이하자 결국 최무정이 끼어들었다.

"배강호 씨는 아십니까? 그 이유가 뭡니까? 왜 그렇습니까?"
"그 이유는 모든 인간이 똑같이 평등하게 태어났기 때문입니다."
"예?"

예상치 못한 답변에 최무정은 당황했다. 배강호는 하늘을 가리키며 말했다.

"우리 인간은 그들이 만든 제품입니다. 대량생산을 당했죠."

"잠깐만요, 그들이요? 아니, 대량생산이요?"

최무정의 물음에도 배강호는 무시하고 자기 할 말만 했다.

"그들은 인간을 일일이 살펴보면서 분별하는 건 너무 귀찮은 일이라고 생각했습니다. 그래서 그들은 그냥 지구에 인간을 부어 버린 겁니다. 지구라는 컨베이어 벨트에 말입니다."

"거참, 쉽게 이해되지 않는군요."

"그들은 간단하게 생각하기로 한 겁니다. 지구라는 세상에서 50년 이상 살아남으면, 그 인간은 양품이라고 말이죠."

"양품? 그럼 그게 뭘 구분하는 거죠?"

"그들이 원하는 양품의 조건은 크기나 무게가 아닙니다. 어떤 모양새도 아니고, 성격, 목소리, 말투 같은 것도 아닙니다. '운명'입니다. 좋은 운명을 가진 인간을 원하는 겁니다."

"운명이요?"

"예. 운명이라는 모호한 요소를 무엇으로 측정할수 있을지 떠오르십니까? 그래서 그들은 이 지구에 인간을 쏟아부어 측정하기로 한 겁니다. 이 험악한 세상에서 50년을 버텼다는 게 바로 좋은 운명을 타고났다는 증거입니다. 반대로, 그렇기에 이 세상이 험악한 겁니다. 인간의 인생에 고난과 역경이 들이닥치는 이유, 이 세상이 이 모양 이 꼴인 이유가 바로 그 때문입니다."

"무슨 그런….."

"우리가 왜 죽음을 두려워하겠습니까? 운명을 검증해야 하니까 그렇게 설계된 겁니다."

그의 기묘한 논리에 사람들은 웅성거렸다. 배강호가 그들을 둘러보며 선언하듯 말했다.

"50세 이전의 죽음은 폐기입니다. 하지만 50세 이후의 죽음은 죽음이 아닙니다. 그들이 거둬 가는 겁니다. 인간은 그들의 제품으로 태어났고, 인생이란 컨베이어 벨트 위의 선별이고, 죽음은 제품 출하입니다."

할 말을 마친 듯 배강호가 입을 다물자 최무정이 물었다.

"참, 그 말이 다 맞는다면, 인간은 모두 50세에 죽어야 하는 것 아닙니까?"

"아닙니다. 50세가 제품으로 기능하는 최소 기준인 거죠. 60년, 70년을 버틴 운명이 더 좋은 제품이니까 말입니다. 버티는 만큼 등급이 달라집니다."

"그 말은, 같은 제품도 상품, 하품으로 등급이 나눠진다는 말이군요?"

"그렇습니다."

예상보다 더 말도 안 되는 궤변에 고개를 절레절레 흔든 최무정은 정색하고 물었다.

"좋습니다. 그래서 그들은 누굽니까?"

중요한 질문에 카메라는 배강호의 얼굴을 클로즈업 했지만, 대답은 허탈했다.


"인간을 만든 자들입니다."

"그게 답니까?"

"제가 아는 건 그렇습니다."

"좋아요. 그럼 도대체 그들이 인간을 뭐에 쓰려고 만들었답니까? 그렇게 선별까지 해서 어디에 쓰는 겁니까?"

"모르시겠습니까? 그들은 좋은 운명을 타고난 인간을 선별합니다."

"그래서요? 그래서 우리가 어떤 제품이란 겁니까?"


찬찬히 사람들을 둘러본 배강호는 끝으로 최무정의 눈을 바라보며 말했다.


"부적입니다. 미신으로 들고 다니기 좋은, 재미로 한 번쯤은 사 볼 만한 부적이요. 유원지 기념품 가게 에서 파는 벼락 맞은 나무, 태풍 속에서도 떨어지지

않은 사과 같은…. 슬프게도 그것이 하찮은 우리 인간
의 정체입니다."

이 세상은 컨베이어 벨트입니다

동물 귀신을

본 적 있나요

"자! 제85회 〈궤변 말하기 대회〉의 첫 번째 참가자를 무대로 모시겠습니다!"

진행자 최무정의 힘찬 소개와 함께 패널들의 함성이 쏟아졌다. 최무정의 컨디션이 좋은지 묘하게 힘이 넘치는 날이었다. 무대로는 나이가 꽤 들어 보이는 남자가 올라왔다. 얇은 테 안경에 감색 정장을 입은 학자풍의 남자였는데, 얼굴에 땀이 흐르고 있었다.

"안녕하십니까."
"네! 안녕하십니까! 직접 자기소개를 해 주시죠!"
"보근대학교에서 역사를 가르치는 이연우라고 합니다."

대본을 살펴보던 최무정은 이연우의 소개가 끝나자
마자 말했다.

"네, 이연우 교수님! 그거 아십니까? 저희 프로그램
에 첫 박사 학위 참가자입니다. 사실 교수님 같은 분
들은 궤변과 거리가 멀고 팩트만 말한다는 선입견이
있잖아요. 그래서 참 기대가 큽니다. 어떤 이야기를
들고 오셨는지, 들어 볼까요?"

최무정의 멘트가 끝나자 스튜디오 조명이 모두 꺼
지고 스포트라이트가 이연우를 비췄다. 이연우는 이
마의 땀을 닦은 뒤 천천히 입을 열었다.

"인간은 승자가 아닙니다. 마지막에 가서는 결국
패배한 종입니다."

자극적인 자막이 붙기 딱 좋은 그의 첫 멘트에 흡족
한 최무정은 과장된 추임새를 더했다.

동물 귀신을 본 적 있나요

"인간은 패배한 종이다! 오 과연 어떤 이야기일까요? 자세한 이야기를 부탁드립니다."

고개를 끄덕인 이연우는 한 번 더 땀을 닦고는 말했다.

"아주 옛날, 인간이 호랑이를 이길 수 없던 시절이 있었습니다. 우리 조상님들이 호환을 가장 무서워하던 시절 말입니다. 그러나 기술의 발전은 인간을 가장 강한 존재로 만들어 주었습니다. 총포가 호랑이를 잡고, 코끼리, 사자, 늑대, 모든 동물을 압도하기 시작했습니다. 모든 먹이사슬의 정점에 인간이 서게 된 겁니다. 이 지구의 승리자는 인간이었습니다. 제 상식으로는 그렇게 알고 있었습니다. 하지만."

이연우는 천천히 고개를 저으며 말했다.

"지금, 최후의 승자는 인간이 아닙니다. 짐승입니다."

최무정이 놀란 표정을 지으며 물었다.

"네? 짐승이 최후의 승자라고요? 글쎄요, 제가 알기로 호랑이는 멸종되다시피 했고, 반달곰은 인간이 보호해 주는 판국이고, 다른 짐승이라고 해 봐야 멧돼지 정도밖에 없지 않습니까? 아니면 고속도로에 뛰어드는 고라니요? 인류보다 강한 종이 어디 있단 말입니까?"

"관측 가능한 부분으로는 그렇습니다."

"무슨 말이죠?"

이연우의 눈빛이 날카로워졌다.

"사후. 그때부터는 짐승의 세상입니다."

"사후요?"

"귀신의 세계 말입니다."

"예? 귀신? 귀신이요? 박사 학위를 가진 교수님이 지금 귀신을 말씀하시는 겁니까? 놀랍군요. 실제로 귀신 같은 게 존재한다고 믿는 겁니까?"

"존재합니다."

"확신하시는군요? 직접 보기라도 하셨습니까?"

"수많은 기록을 보았습니다. 역사는 거짓말을 하지 않지요. 조상들이 남긴 귀신에 대한 기록은 정말 많습니다."

"그걸 근거라고 보기에는….."

최무정은 미심쩍은 듯 고개를 갸우뚱했지만, 이연우는 확신에 차 있었다.

"역사적 가치가 높은 고문헌에도 나와 있습니다. 거짓으로 쓸 수 없는 문서이니, 저로서는 두 가지 판단을 내릴 수밖에 없었습니다. 귀신이 존재하거나, 귀신으로 불리는 존재를 과학적으로 밝혀내지 못했거나. 제가 오늘 펼치고자 하는 주장은 귀신이 존재한다는 판단하에 하는 것입니다."

"네. 말씀해 주시죠."

"저는 우리 역사 속 귀신을 조사하기 시작했습니다. 수많은 문헌에서 증명하는 귀신 목격담은 귀신의 존재를 믿을 수밖에 없게 했습니다. 그러다 한 사료를 보고 제 고정관념이 깨졌습니다. 꼭 인간만 귀신이 되는 건 아니더군요. 마을 사람들이 힘을 합쳐 호랑이 귀신을 물리쳤다는 한 구절은 동물 귀신도 당연히 존재할 수 있다는 사실을 깨닫게 해 주었습니다."

"동물 귀신이요?"

"네. 동물도 죽으면 귀신이 됩니다. 그래서 저는 주장하는 겁니다. 지금 우리는 지구의 최상위 포식자가 인간이라고 생각하지만, 결국에는 짐승이 될 거라고 말입니다."

그의 주장을 곰곰이 따져 보던 최무정이 되물었다.

"그러니까, 귀신의 세상에서는 짐승이 인간 위에 있다는 말입니까?"

"그렇습니다. 짐승에 비하면 인간은 피부도 연약하고 근육도 부족합니다. 송곳니도 없고 매서운 발톱도 없습니다. 지금 인간이 동물을 이길 수 있는 건 모두 도구 덕입니다. 하지만, 귀신은 도구를 사용하지 못합니다. 총칼을 만드는 기술은 기억하겠지만, 재료가 되는 물리적인 물질이 없습니다. 그래서 인간 귀신은 짐승 귀신보다 연약한 겁니다."

최무정은 수긍하는 표정으로 고개를 끄덕였지만, 곧장 딴지를 걸었다.

"근데 어차피 삶이 끝난 이후의 일인데 신경 쓸 필요가 있습니까? 그냥 지면 되는 것 아닙니까?"

"육체의 끝이 삶의 끝이라고 생각한다면 그렇습니다. 근데 그렇게 생각한다면 인간은 한낱 고깃덩어리에 불과합니다."

"어유, 과격한 표현이군요."

"우리의 본질이 무엇인가를 정의하자는 겁니다. 육체를 버리고 귀신이 되어 정신만 남았을 때, 그게 내 삶이 아니라고 말할 수 있겠습니까? 내 성격, 기억, 가치관, 철학, 모든 게 남아 있어도 육체가 없다는 이유만으로요?"

"그건 아니겠죠…."

"그렇습니다. 귀신의 삶도 우리 삶의 연장선입니다. 그렇다면 여러분 모두 눈을 감고 한번 상상해 보시죠."

갑작스러운 제안이었지만, 패널 몇 명은 순순히 눈을 감았다. 최무정도 방송을 위해서 눈을 감았다.

"여러분은 사망하여 육체의 삶을 마치게 되었습니다. 죽음으로 끝날 줄 알았건만 귀신으로서의 두 번째 삶이 남아 있었습니다. 그 삶은 처음이기에 몹시 신기할 겁니다. 영혼의 삶은 어떨 것 같습니까? 그러나, 여러분은 그것을 체험할 시간이 없습니다. 여러분이 죽어 귀신이 된 순간, 짐승 귀신 수백 마리가 달려들어서 여러분을 갈기갈기 뜯어먹을 테니 말입니다."

"헉."

"여러분의 두 번째 삶은 1분도 안 되어 끝나는 겁니다. 말하자면, 신생아가 태어나자마자 짐승에게 사냥당해 죽는 것과 같습니다. 그 처참한 운명을 상상해 보시죠."

눈을 감은 사람들의 눈살이 찌푸려졌다.

"이게 인간 귀신의 현실입니다. 이래도 우리가 이 지구의 승리자라고 말할 수 있겠습니까?"

도발적인 이연우의 발언에 최무정은 눈을 부릅뜨고 날카롭게 물었다.

"인간 귀신이 도구를 쓰지 못한다고 해도 전술은 머릿속에 있지 않습니까? 양적으로만 봐도 한국에서만 하루에 사망자가 1000명 이상은 나올 겁니다. 매일 1000명씩 정예 병력이 늘어난다는 거죠. 반면 짐승은 어떻습니까? 솔직히 우리나라에 곰이나 호랑이 같은 맹수는 사라진 지 오래고, 끽해야 멧돼지나 삵 따위가 하루에 몇십 마리 정도 죽겠죠. 아무리 생각해도 병력 차이가 어마어마한 거 아닙니까? 어떻게 짐승이 귀신 세상을 지배하고 있다는 겁니까?"

이연우는 최무정의 질문에 대답하는 대신 되물었다.

"1980년대, 1990년대만 해도 귀신 목격담이 많았습니다. 하지만 21세기에 들어서면서 급격하게 사라졌습니다. 이유를 아십니까?"

"그건…. 카메라와 영상 기술이 발달했기 때문 아닙니까? UFO가 안 보이는 것도 같은 이유고 말입니다. 지금은 동영상 촬영까지 가능한 카메라를 모두가 들고 다니는 시대니까요."

"그렇게 생각하기 쉽지만, 아닙니다. 귀신 목격담이 없는 이유는 사람이 죽어 귀신이 되자마자 짐승들에게 잡아먹히기 때문입니다. 그래서 우린 인간 귀신을 볼 틈이 없는 겁니다."

"허, 이야기가 또 그렇게 이어집니까?"

"과거에 인간 귀신이 보였던 때는 짐승 귀신이 승리자가 아니었다는 겁니다. 아니, 정확히 말하면 그때는 최소한 짐승 귀신이 인간 귀신을 단체로 공격하지 않았단 말이죠. 그렇다면 우리는 귀신 목격담이 사라지기 시작한 시기를 주목해 볼 필요가 있습니다. 어떤 계기로 짐승이 승리자가 되었을까? 왜 짐승이 단체로 인간을 공격하게 된 걸까? 그 시기에 무슨 변화가 있

동물 귀신을 본 적 있나요

었기에?"

이연우는 질문으로 사람들을 주목시킨 뒤, 단호한 목소리로 한마디를 내뱉었다.

"공장식 대량 축산."

뜻밖의 단어에 사람들의 눈이 커졌다.

"우리나라에 귀신 목격담이 사라지기 시작한 시기와 공장식 대량 축산이 자리 잡기 시작한 시기가 정확히 일치합니다."
"그 말은….."
"소, 돼지, 닭. 우리가 기르는 그 가축들이 인간 귀신을 습격한단 말입니다. 우리가 사료로 살찌운 그 잡식 동물들이 말입니다."

아무도 상상하지 못한 듯 놀라워했다. 이연우는 거침없이 말했다.

"마당에 암탉 몇 마리 풀어놓고 키우는 시대가 아 닙니다. 헛간에 몇 마리, 농장에 수백 마리 풀어놓고 키우는 시대가 아닙니다. 공장식 대량 축산은 오직 효 율만을 위해서 좁디좁은 창살 안에 수천, 수만 마리의 가축을 한꺼번에 키웁니다. 공장식 축산을 하는 돼지 우리를 보신 적이 있습니까? 마치 이쑤시개 통처럼 빽빽합니다. 한 평당 열 마리 이상, 딱 최소한의 폭에 맞춘 철창은 돼지가 제자리에서 뒤를 돌아보는 것조 차 불가능할 정도로 비좁습니다. 그 비좁은 공간에서 잠과 식사와 배설이 동시에 이루어집니다. 좁아서 제 대로 눕지도 못하고, 먹이는 강제로 주입당하고, 오 물로 얻게 된 병은 독한 항생제로 처리됩니다. 그런 환경에서 스트레스로 미치지 않는 게 더 이상하지 않 겠습니까?"

조금 목소리가 거칠어진 이연우는 단호하게 말했다.

"그렇게 정상이 아닌 가축들이 단체로 죽어서 귀신 이 되는 겁니다. 정상이라면 없어야 할, 인간에 대한 증오를 품고서 말입니다. 과연 인간 귀신이 이에 대항할 수 있을까요? 도구를 사용하지 않고 맨몸으로 돼지와 소를 이길 수 있는 사람이 얼마나 될까요? 인간 귀신이 하루에 1000명씩 는다고 하셨습니까? 국내 하루 돼지 도축량만 7만 6000마리입니다."

"세상에…."

"이 땅에 맹수는 멸종했습니다. 하지만 우리 인간은 다시 맹수를 만들어 냈습니다. 공장식 대량 축산의 스트레스로 미쳐 버린, 인간이 죽어 귀신이 되기만을 기다리는 그 잡식 맹수들을 말입니다."

사람들의 표정을 심각하게 만든 이연우는 소회를 모두 털어놓은 듯 마지막으로 소망을 덧붙였다.

"이러해서 인간은 이 지구의 승자가 아닙니다. 사후 인간은 미친 짐승들의 먹잇감에 불과하니까요. 그래서 저는 언젠가 인간 귀신의 목격담이 들려오기를 바랍니다. 다시 전처럼."

인류문망위원회는

아십니까

인기 프로그램 〈궤변 말하기 대회〉가 100회 기념 생방송으로 진행되었다.

　첫 번째 참가자 김남우의 '모나리자는 죽습니다'라는 궤변은 후폭풍이 좀 있었다. 그가 무대를 내려간 뒤에도 패널들은 한참을 웅성거렸다. 피디도 녹화를 끊고 필름을 돌려 보고 싶었지만, 지금은 생방송 중이었다. 최무정은 피디와 눈빛을 주고받은 뒤, 어수선한 분위기를 정리하기 위해 목소리를 높였다.

　"자! 역시 100회 특집이라 그런지 첫 번째 참가자부터 수준 높은 궤변이었습니다. 두 번째 참가자도 기대가 되는데요? 두 번째 참가자를 모셔 보겠습니다!"

무대로 경찰 제복을 입은 여자가 올라왔다. 어수선
하던 패널들도 그녀의 복장에 시선을 뺏겼다. 최무정
이 대본을 보며 말했다.

"윤수연 씨? 반갑습니다. 이야기를 들려주시죠."

단정한 모양새로 고개 숙여 인사한 윤수연은 카메
라를 똑바로 보고 입을 열었다.

"인류멸망위원회의 활동으로 인류는 세 번이나 멸
망할 뻔했습니다."
"예? 무슨 위원회요?"
"인류멸망위원회라고, 세간에 알려지지 않은 단체
입니다."
"아, 비밀 결사대 같은 것입니까? 흥미로운데요. 그
런 단체가 왜 있는 거죠?"
"인류가 부끄러웠기 때문입니다."
"부끄럽다고요?"
"살아 있기에는 너무나 부끄러운 존재라는 것이죠.

부끄러운 인류는 반드시 멸망해야만 한다고 생각한 이들이 많았습니다. 그들이 모여 인류멸망위원회를 창설했습니다. 100년도 더 전에 말입니다.”

"오! 매우 유서 깊은 단체군요? 그렇게 모인 사람들은 뭘 했습니까?”

"인류를 멸망시키기 위해 활동했습니다. 처음에는 기도 모임이었습니다. 인류를 멸망시켜 달라고 신께 기도하는 모임이었죠.”

"기도라고요? 단체명에 비해서 몹시 건전한데요?”

"사실 인류멸망위원회는 일종의 종교와도 같습니다. 처음에는 단순한 기도 모임이었습니다. 하지만 모임이 발전하면서 활동도 더 적극적으로 변해 갔습니다. 기도만 하다가 점차 기우제처럼 제사를 지내기 시작했죠. 구체적인 멸망의 시나리오를 기원한 겁니다. 양이나 닭 같은 산 제물을 바치면서 말입니다.”

이야기를 듣던 패널들은 인상을 찌푸렸다.

"이렇게만 보면 몹시 몰상식한 단체처럼 보이지만,

그들의 목표는 구체적이고 전문적이었습니다. 예를 들어 1859년 유럽과 북아메리카의 전신 시스템을 마비시킨 태양 폭풍이 더 강력하게 재현되기를 바란다든가, 소행성의 궤도를 어느 정도로 옮겨 달라든가 하고 빌었죠. 참, 그들은 1989년 지구를 아슬아슬하게 스쳐 간 소행성을 본인들이 불러들였다고 주장하기도 했습니다."

"거참 기분 나쁘게 무서운 단체군요."

"자연현상에 기댈 수밖에 없던 그때까지는 차라리 다행이었습니다. 어느 순간부터 좀 더 확실한 인류멸망 가능성이 생겼거든요."

"어떤 가능성이요?"

"핵 말입니다. 인류멸망위원회는 핵전쟁을 일으켜서 인류를 멸망시키려 했습니다. 그걸 위해 많은 회원들이 관련 기관들에 정체를 숨기고 숨어들었죠. 가령!"


윤수연은 검지를 세워 보인 뒤 덧붙였다.

"1962년 10월 27일, 미국과 소련의 대립 상황에서 소련의 잠수함이 오해로 핵어뢰를 발사할 뻔한 사건이 있었습니다. 그 오해를 만들고, 잠수함 내부에서 끝까지 발사를 선동하던 인물들이 바로 인류멸망위원회의 멤버였습니다. 끝까지 맞선 한 사람의 반대로 결국 실패했지만 말입니다."

윤수연은 손가락 두 개를 세우며 이야기를 계속했다.

"그다음 날인 10월 28일, 오키나와 미군기지에 한가지 작전 명령이 하달됩니다. 소련, 중국, 북한에 즉시 핵공격을 가하라는 내용이었습니다. 담당자가 못 본 척하자 재차 똑같은 명령이 떨어졌습니다. 이 명령을 끝까지 믿지 않은 담당자는 발사 직전 직접 상부에 찾아가서 잘못 송신되었다는 사실을 밝혀냈습니다. 이것도 실은 위원회 멤버의 소행이었습니다. 만약 담당자가 명령을 곧장 이행했다면 전 세계는 핵전쟁의 포화에 빠졌을 겁니다."

윤수연의 달변에 패널들은 끼어들 틈이 없었다. 윤
수연은 세 번째 손가락을 세웠다.


"인류멸망위원회의 세 번째 시도는 해킹이었습니
다. 1983년 9월 25일, 위원회는 모스크바의 '핵미사일
발사경보 위성 시스템'을 해킹했습니다. 미국이 소련
으로 다섯 개의 핵미사일을 발사했다는 거짓 신호를
보낸 겁니다. 규정대로라면 당연히 보복 공격이 시작
되어야 했지만, 거짓 신호를 접한 담당자가 너무 현명
했습니다. 그가 규정을 어기면서까지 거짓 신호를 보
고하지 않는 바람에 인류멸망위원회의 계획은 또 실
패하고 말았습니다."


최무정을 포함한 패널들은 할 말을 잃었다. 궤변이
랍시고 막 뱉어내는 것치곤 지나치게 구체적이지 않
은가? 실제로 세 번째 사건은 영화로도 제작된 유명
한 일화였다.


"그러니까, 그 인류멸망위원회 때문에 우리 인류가

세 번이나 멸망할 뻔했던 거군요?"

"그렇습니다. 이후 세계적으로 핵무기 폐기와 보안 강화를 주장하는 목소리가 높아지자 인류멸망위원회는 핵전쟁 시나리오를 포기했습니다. 그리고 그들은 멸망을 위한 다른 시나리오를 선택할 수밖에 없었습니다."

"그게 뭐죠?"

"바이러스입니다."

"바이러스라고요?"

"예. 치명적인 바이러스를 퍼트려 인류를 멸망시키기로 한 겁니다. 인류멸망위원회는 바이러스 개발에 전력을 다했습니다."

최무정은 실망한 듯 미간을 찌푸렸다.

"설마 코로나19를 말하는 것은 아니겠지요?"

하지만 윤수연은 고개를 저었다.

"그런 바이러스가 아닙니다. 단순히 사람을 죽이는 바이러스 따위가 인류를 멸망시킬 순 없습니다."

"왜죠?"

"바이러스는 치사율이 높으면 전염성이 낮아지고, 전염성이 높으면 치사율이 낮아집니다. 치사율과 전염성이 높은 바이러스를 개발하더라도 인류는 반드시 백신을 만들고 말 겁니다. 코로나19를 보면 아시겠지만, 질병으로는 인류를 멸망시킬 수 없습니다."

"그렇다면요?"

"인류멸망위원회가 개발하고자 한 바이러스는 불임 바이러스입니다. 불임 바이러스는 세상에 다 퍼질 때까지 쉽게 눈치챌 수 없습니다. 누가 임신하지 않는 걸 감염이라고 자각하겠습니까? 세계가 눈치챘을 때는 이미 늦은 상태일 겁니다. 인류가 불임 바이러스에 감염되어 재생산이 불가능해진다면, 인류 멸망은 시간문제입니다. 넉넉히 잡아도 100년이면 지구는 깨끗해질 겁니다."

"그런 바이러스를 만들 수 있습니까?"

"사실 이미 바이러스 개발에 성공했습니다."

"네? 바이러스가 완성됐다고요?"

"그렇습니다. 인류멸망위원회의 연구소에서 이미 불임 바이러스를 완성했고, 살포만 하지 않은 상태입니다."

여기저기서 놀라움과 걱정으로 웅성거릴 때, 최무정은 헛웃음을 터뜨리며 받아쳤다.

"그래요? 불임 바이러스란 걸 정말 만들었단 말이죠? 근데 왜 안 퍼뜨렸답니까?"

"회장이 명령하지 않았기 때문입니다."

"회장이 있습니까?"

"인류멸망위원회는 점조직으로 활동하며, 회장의 명령을 최우선으로 삼고 움직입니다. 특히 계획 실행의 방아쇠는 회장이 쥐고 있는데, 바이러스 살포를 회장이 승인하지 않은 겁니다."

"흥미롭군요. 왜죠?"

"회장의 아내가 임신했기 때문입니다. 실망스럽게도 회장은 한낱 인간에 불과했습니다. 회장은 돌연 탈

회를 선언했고, 이후 인류멸망위원회는 사실상 해체
됐습니다. 다들 애초에 인류 멸망 같은 건 바라지도
않았던 것처럼 감쪽같이 사라졌죠. 점조직의 특성상
잔당 따위도 남지 않았습니다."

"허무하지만, 그거 잘됐군요. 근데 여기서 끝난다면
조금 김이 빠지는 궤변입니다."

최무정은 대본을 힐끔거리며 다음 출연자를 확인했
다. 그런데 윤수연의 대답이 그의 이목을 다시 집중시
켰다.

"사실은 저도 인류멸망위원회의 멤버입니다."

"아? 그런가요?"

"그러나 저는 이해할 수 없었습니다. 단지 회장이
반대했다는 이유로 그 거대한 계획이 물거품이 된다
는 것이 말입니다. 아무리 점조직이라지만 이렇게 쉽
게 흩어질 수 있는 겁니까? 그 염원은 아무것도 아닌
게 되는 겁니까? 저는 이 의문을 풀기 위해 조사를 시
작했습니다. 그리고 몇 년에 걸쳐 드디어 알아냈습니

다. 인류멸망위원회는 불임 바이러스를 포기한 게 아니었습니다. 애당초 불임 바이러스는 개발된 적이 없었습니다."

"예?"

"회장의 변심은 모두 조작된 것이었습니다. 인류멸망위원회 내부의 불순분자를 솎아 내기 위함이었죠. 인류멸망위원회는 해체한 척하며, 온 세상에 불임 바이러스를 퍼트리고 있었습니다."

"방금 불임 바이러스는 개발된 적이 없다고 하지 않았습니까?"

"그들이 퍼뜨리고 있는 것은 물리적인 바이러스가 아니라, 심리적인 바이러스입니다. 그들이 물밑으로 조작하고 있는 건 아이를 낳으면 손해라는 인식입니다. 그들은 '맘충'이라는 단어를 만들고, 가난한 사람이 애를 낳으면 죄라는 인식을 퍼뜨렸고, 임신이 페널티라는 소문을 퍼뜨렸습니다. 지금 이 순간에도 그들은 전 세계 출생률을 낮추기 위해 노력하고 있습니다. 여러분이 상상도 못 할 음습하고 거대한 규모로 말입니다."

윤수연의 말이 끝나자 사람들은 주위를 둘러보았다. 정말 그런 단체가 활약하고 있는 걸까? 요즘 출생률이 낮은 게 정말 그런 단체의 작업 때문일까? 그때 최무정이 예리하게 물었다.

"좋습니다. 그럼 윤수연 씨는 그걸 왜 여기서 우리에게 밝히시는 겁니까? 인류멸망위원회 멤버라면, 이런 사실을 말해서 좋을 게 없지 않습니까? 그도 그럴 것이, 말씀하시는 걸 들어 보면 말이죠. 마치 바이러스를 터트려야 하는데 왜 안 터트리는지 불만을 가진 듯한 느낌이거든요."

윤수연은 잠깐 침묵했다가 고개를 끄덕였다.

"사실은 그랬습니다. 저는 정말 인류가 멸망해야 할 존재라고 생각했습니다."
"그런데 왜 이렇게 나선 겁니까?"

윤수연은 바로 대답하지 않고 행동으로 먼저 보여

주었다. 그녀는 두 손으로 자신의 배를 쓰다듬었다.

"제가 임신했기 때문입니다."

"아! 그랬군요."

"그래서 인류멸망위원회의 비밀을 오늘 밝히는 겁니다. 제 아이를 위해, 제 아이가 살아갈 내일을 위해서요."

최무정은 고개를 끄덕이며 임신을 축하한다는 덕담을 던졌고, 슬슬 윤수연의 무대를 마무리하려 했다.

"기승전결이 있는 궤변이네요. 잘 들었습니다."

"감사합니다."

윤수연이 뒤돌아 무대를 내려가려는 그때, 패널석의 한 소설가가 불쑥 외쳤다.

"아까 밖에서 담배 피우시는 것 봤는데요!"

윤수연이 돌아보고, 최무정도 돌아보았다. 소설가는 갑자기 받은 주목에 움찔 놀라면서도 외쳤다.

"너무 비슷한 패턴 같아서 말입니다!"
"비슷한 패턴?"

최무정이 의아함에 고개를 갸웃거리자 소설가가 말했다.

"인류멸망위원회 회장이 아내의 임신 때문에 불임 바이러스 살포를 포기했는데, 알고 보니 회장의 기만 전술이라고 하셨죠? 지금 윤수연 씨가 이렇게 인류멸망위원회의 비밀을 폭로하는 이유가 임신했기 때문이라고 하셨는데, 그것이 기만 전술이라면요? 그럼…. 당신이 기만 전술로 감추고자 한 것은 무엇입니까? 불임 바이러스가 정말, 심리적 바이러스인 게 맞는 겁니까?"

모두의 놀란 눈동자가 윤수연에게로 향했다. 하지

만 윤수연은 이렇다 할 변명 없이 무대를 내려가 버렸다. 최무정과 피디의 시선이 마주쳤다. 방금 이 장면은 꽤 괜찮은 컷이었다고 말이다.

〈궤변 말하기 대회〉 제144회의 첫 번째, 두 번째 참가자는 궤변 도중에 자진 하차했다. 최무정과 피디는 한숨이 나왔다. 궤변이 허접하더라도 끝까지 우기는 게 낫지, 스스로도 창피해서 자진 하차하는 그림은 최악이었다. 세 번째 참가자는 부디 뻔뻔하길 바라며, 최무정은 외쳤다.

"자, 그럼 제144회 〈궤변 말하기 대회〉의 세 번째 참가자를 무대로 모십니다! 모두 응원의 박수!"

패널석에서 우레와 같은 박수가 터져 나오며 긴장감이 고조됐다. 무대로 30대 남성이 올라섰다.

"안녕하십니까, 구시경입니다."

그의 목소리에 떨림이 없다는 것을 느낀 최무정은
안심했다.

"안녕하세요, 구시경 씨. 그럼 어떤 이야기를 준비
하셨는지 들어 보겠습니다."

카메라가 구시경의 얼굴을 클로즈업했고, 모두 그
의 입에서 나올 첫 문장을 기다렸다.

"죽음은 살아 있습니다."

오묘한 그의 발언에 기대감에 찬 소리가 여기저기
서 터져 나왔다. 최무정이 물었다.

"죽음이 살아 있다는 게 무슨 의미입니까?"
"쉽게 말하자면, 죽음이 물질이란 말입니다."
"전혀 쉽지 않은데요? 좀 더 자세히 말씀해 주시겠

습니까?"

구시경은 이야기를 시작했다.

"저는 요양병원에서 일합니다. 거기서 어르신 두 분을 관찰하게 되었습니다. 제가 그들을 관찰하게 된 건, 우연히 두 분의 대화를 엿들었기 때문입니다. 두 분은 매일 같은 시간에 산책로에 나와 똑같은 문답을 주고받은 뒤 들어가십니다. 두 분이 매일 똑같은 대사를 반복한다는 걸 깨닫게 된 순간, 관심이 갈 수밖에 없었습니다."

"그 문답이 뭡니까?"

구시경은 노인의 목소리를 연기하며 말했다.

"'죽음은 도착했습니까?', '아직 도착하지 않았습니다.' 이 대화가 끝나면 두 분은 헤어집니다. 그리고 다음 날 다시 '죽음은 도착했습니까?', '아직 도착하지 않았습니다'를 반복합니다. 토씨 하나 다르지 않고 매일 똑같았습니다. 처음에는 단순히 안부를 묻는 비유인 줄 알았습니다. 하지만 두 분은 안부를 나눌 정도로 친하지 않았습니다. 이 짧은 대화를 제외하면 서로 접점이 없었습니다."

"흠. 글쎄요. 단순히 생각하면, 밤새 누군가 죽었는지를 묻는 게 아니겠습니까?"

"처음엔 저도 그렇게 생각했지만, 주어가 없었습니다. 병동 내에 그럴 만한 분도 안 계셨고요. 저는 며칠간 관찰하다가, 직접 물어보기로 했습니다."

"그래서 뭔가 알아내셨습니까?"

"예. 죽음이 도착했느냐고 물어보는 쪽인 박 어르신께 대답을 들을 수 있었습니다. 대답하는 쪽인 최 어르신은 아무 말도 해 주지 않으셨지만요. 박 어르신의 말씀에 따르면 인간의 삶은 그저 죽음의 결승점일 뿐입니다. 애초에 우린 살아 있는 게 아닌 거죠."

최무정을 포함한 패널들의 미간에 주름이 졌다. 난해한 궤변이 많았지만, 이 정도로 이해가 안 가는 궤변은 흔치 않았다.

**죽음은 살아 있습니다**

"그러니까, 지금 여기 있는 우리가 살아 있는 게 아니란 말입니까? 이해가 잘 안 되는데요."

"저도 처음엔 그랬습니다. 하지만 결국엔 이해하고, 놀라운 깨달음을 얻었습니다. 여러분도 이걸 이해하시면 저처럼 즐거워질 겁니다."

구시경은 차근차근 말했다.

"그분의 말씀에 의하면, 우주에는 '죽음'이라는 종족이 흩어져 살고 있습니다. 사실상 우주의 주인은 그 죽음이라는 종족입니다."

"종족이요?"

"그렇습니다. 죽음은 개념이 아닌 종족입니다. 그들은 우리가 관측할 수도 없고, 이해할 수도 없습니다. 1차원과 3차원만큼이나 개념이 다릅니다. 아무튼, 이 죽음이라는 종족이 태어나 하는 일은 결승점을 향해 나아가는 것입니다. 그게 죽음의 일생이죠."

"우리 인간이 그 결승점이다?"

"그렇습니다. 우리가 죽는 게 아니라, 죽음이라는

종족이 우리에게 도착하는 겁니다."

불의의 사고로 아내를 잃은 패널이 불쑥 물었다.

"그럼 우리 인간의 죽음은 모두 정해져 있단 말입니까?"

"그렇습니다."

"사고로 일찍 죽은 사람들은 뭡니까? 죽음이 일찍 도착한 겁니까?"

"정확합니다. 교통사고로 죽는 사람도, 늙어 죽는 사람도, 심지어 자살을 선택한 이들도. 모두 그들의 의지나 행동 때문에 죽는 게 아닙니다. 죽음이 그 순간 도착했기 때문에 죽은 겁니다."

구시경은 평온한 얼굴로 말했다.

"그러니까 세상 모든 죽음에는 책임도, 슬픔도, 원망도 필요가 없단 겁니다. 우린 단지 죽음이라는 종족의 결승점에 불과하니까 말입니다. 아등바등 살아 봐야 우리의 수명은 모두 정해져 있습니다. 좀 더 부지런한 죽음과 게으른 죽음의 차이일 뿐입니다."

"근거가 있습니까?"

최무정의 질문에 구시경은 천장을 가리키며 말했다.

"우리 인간들은 죽음을 이미지화할 때, 본능적으로 어둠을 떠올립니다. 어느 문화권에서도 죽음의 이미지는 새까만 어둠이죠. 왜일 것 같습니까? 죽음이 바로 우주를 구성하는 '암흑물질'이기 때문입니다."

"암흑물질이요?"

"우주에 가장 많은 게 무엇입니까? 별이라고 대답할 수 있겠지만, 사실은 어둠 그 자체입니다. 별이나 가스, 먼지처럼 인류의 과학으로 증명할 수 있는 물질은 고작 5퍼센트에 불과합니다. 그 어둠. 인간의 능력으로는 그 존재를 관측하지도, 실증하지도 못하고 있는 그 미스터리한 암흑물질의 정체가 바로 '죽음'이라는 종족입니다."

패널 중 한 교수가 헛웃음을 터트렸다.


"허, 다크 매터가 죽음이다?"
"예. 그렇습니다."


구시경은 표정 하나 변하지 않고 말했다.


"우주 전체의 26퍼센트를 차지하는 암흑물질이 '죽음'이라는 종족이고, 69퍼센트를 차지하는 암흑 에너지가 바로 죽음이 결승점을 향해 이동하면서 발생하는 에너지인 겁니다. 그렇기에 우리 인간들은 본능적으로 죽음을 '어둠'으로 표현하는 겁니다. 모든 문화권에서 말입니다."
"어디서부터 딴지를 걸어야 할지 모르겠습니다. 이거 참."


교수가 비웃든 말든 구시경은 계속 말했다.


"이 진리는 매우 자연스럽습니다. 우주가 유지되는

이유는 우주의 95퍼센트를 차지하는 암흑물질의 '일' 덕분입니다. 죽음이 결승점을 향해 움직이기 때문에 우주라는 현상과 공간이 유지되는 겁니다. 지구의 생명체만을 말하는 게 아닙니다. 다른 모든 행성의 생명체들까지, 죽음은 온 우주에 퍼진 결승점을 향해 지금도 움직이고 있습니다. 여기서 저는 우리 인간이 왜 존재하는가에 대한 해답을 찾아냈습니다. 인간은 존재하는 그 자체로 이 우주를 유지하는 역할을 하고 있는 겁니다. 인간과 우주가 하나라는 어릴 적 제 생각이 대략 맞았던 거죠."

어딘가 뿌듯한 구시경의 표정은 이러한 깨달음을 듣고도 기쁘지 않으냐고 묻는 듯했다. 할 말을 마친 듯한 구시경에게 최무정은 마지막 질문을 던지고 마무리하려 했다.

"뭐, 좋습니다. 그럼 아까 말했던 그 어르신의 문답은 어떤 의미였습니까?"

"박 어르신이 말씀하시기를 최 어르신은 젊었을 적

에 죽었다 살아난 경험이 있어서 죽음이 오는 걸 느낄 수 있다고 합니다. 최 어르신은 항상 밤하늘을 올려다보고 계십니다. 이제 와 생각해 보면, 제가 요양원에서 본 많은 어르신이 항상 밤하늘을 올려다보고 계셨습니다. 모두 같은 표정으로 말입니다. 그분들은 본능적으로 느끼고 있었을지 모릅니다. 결승점으로 오고 있는 죽음이라는 종족을 말입니다."

"음…."

"그래서 노인들은 죽음을 받아들이는 겁니다. 부자로 산 인생이나 가난하게 산 인생이나, 후회되거나 만족하거나, 외롭든 풍요롭든, 어떤 인생이었든 간에 그게 헛되지 않았음을 아니까 말입니다. 이 우주를 유지하기 위한 중요한 역할을 해 왔으니까 말입니다. 그래서 저도 쉽게 받아들일 수 있었습니다. 제가 몇 달 뒤 하나의 몫을 할 거란 사실을 말입니다."

죽음은 살아 있습니다

이곳은 외계의

향양지입니다

〈궤변 말하기 대회〉 제131회. 첫 번째 참가자의 궤변은 '배낭 속에 우주를 넣을 수 있다'였고, 두 번째 참가자의 궤변은 '셜록 홈스는 실존 인물이다'였다. 앞선 궤변이 그다지 큰 호응을 끌어내지 못한 채, 세 번째 참가자가 무대에 올랐다. 진행자 최무정은 분위기를 끌어올리기 위해 톤을 높였다.

"자! 세 번째 참가자분은 어떤 궤변으로 승부할까요? 참가자 도제희 씨를 소개합니다."

패널석에서 박수가 터지고 도제희는 청중과 카메라를 향해 꾸벅 인사한 뒤 첫마디를 내뱉었다.

"지구인 중 일부는 외계인입니다."

패널들이 기대하는 표정을 보이자 최무정이 날카롭게 지적했다.

"지구인 중 일부가 외계인이란 말씀이시죠? 사실 전에도 비슷한 궤변으로 참가한 분이 계셨습니다. 그때 저는 그분 덕에 제가 외계인이라는 걸 처음 알게 되었거든요. 자, 그분과는 다르길 바라면서 계속 들어보죠."

"하하하하."

패널들은 웃음을 터뜨렸지만, 도제희는 별다른 표정의 변화 없이 대꾸했다.

"사회자님이 외계인인지 아닌지는 모릅니다. 정확히 지구인 중 몇 퍼센트가 외계인인지도 잘 모르고요. 제가 아는 건 하나입니다."

잠깐 숨을 고른 도제희가 말했다.


"지구는 외계인의 휴양지입니다. 이 지구는 외계인들이 인공적으로 만들었습니다. 우리가 대서양에 휴양지를 건설하듯이, 태양계에 지구라는 휴양 행성을 만든 겁니다."

"아하, 무인도에 거대 자본을 투자해서 휴양지를 만드는 것처럼, 외계인이 지구를 휴양지로 가꾸었단 말입니까?"


최무정의 질문에 도제희는 고개를 저었다.


"아닙니다. 지구를 꾸민 게 아니라, 지구란 행성 자체를 만들었습니다. 땅을 만들고, 바다를 만들고, 식물, 동물을 만들었죠. 그리고 우리 인간까지 모두 외계인의 작품입니다."

"그건 너무 과하지 않습니까? 그렇게 생각하는 근거가 뭡니까?"

"지구가 어째서 딱 이 위치에 존재하겠습니까? 태

양과 조금만 더 가까웠어도 모든 물이 증발했을 것이고, 조금만 더 멀었어도 다 얼어 버렸을 겁니다. 토성과 목성이 번갈아 거대 운석을 막아 주면서도 그들의 중력에는 휩쓸리지 않는 위치입니다."

"지구의 위치가 너무 좋다는 겁니까?"

"지구의 크기도 그렇습니다. 지금보다 컸다면 중력이 커서 생명체가 살 수 없었을 테고, 작았다면 대기가 유지될 수 없었을 겁니다. 벽돌집을 지을 때도 벽돌을 다 쌓으면 그 위에 시멘트로 마감하지요? 태양풍을 막아 주는 자기장과 자외선을 막아 주는 오존층이 바로 그러한 마감재입니다. 달은 또 어떻습니까?"

"달이요?"

"달은 개기식이 일어날 때마다 마치 자로 잰 듯이 정확하게 해를 가립니다. 적도반지름이 약 1738킬로미터인 달의 크기가 조금만 더 작았어도 불가능한 일이죠. 태양은 달보다 400배 크고, 태양과 지구 사이의 거리는 지구와 달 사이의 거리보다 400배 큽니다. 이걸 우연이라고 생각하십니까? 다 설계한 겁니다. 그들은 정확한 계획하에 지구를 만들었고, 원하는 대로

꾸몄습니다."

도제희는 양손을 쫙 펼쳐 들었다.

"인간의 손가락이 왜 열 개일까요? 발가락은 왜 열 개고 눈은 두 개입니까? 외계인이 그렇게 생겼기 때문입니다. 우리는 정확히 외계인과 똑같은 생김새로 진화당했습니다. 문명도 마찬가지입니다. 의식주 모두 다 철저하게 외계인이 설계했습니다. 예를 들어, 지금 우리가 있는 이 방송국 건물 말입니다. 이 건물이 무너질 거라고 생각하는 분 계십니까? 생각해 본적도 없으시죠? 아주 튼튼하게 지어진 철근 콘크리트 건물이니까 말입니다. 콘크리트와 강철의 열팽창계수는 신이 건축계에 내려 준 선물이라고 불릴 만큼 신기하게 똑같습니다. 덕분에 온도가 아무리 높아졌다가 낮아져도 같이 팽창하고 수축해서 망가지지 않죠. 이런 설계가 과연 우연일까요?"

그럴듯한 근거가 사실인지는 몰라도, 패널들은 점

점 도제희의 말에 빠져들었다.

"지구의 모든 것은 외계인이 조성한 환경이고, 우리 인간이 탄생하고 진화한 이유는 그 환경을 관리하고 유지하기 위함입니다. 그래야만 그들이 지구로 휴양 왔을 때 어색함 없이 편하게 지낼 수 있기 때문입니다."

도제희는 마치 연극의 1막이 끝난 것처럼 잠시 한숨을 돌렸다. 최무정은 공백을 허락하지 않고 물었다.

"지구가 외계인의 휴양지라면, 왜 이상한 일들이 일어나지 않습니까? 아무리 그래도 그렇지, 몇 퍼센트나 된다는 외계인의 존재를 우리가 너무 모르고 있는 것 아닙니까?"

"그들이 지구에 휴양을 올 때는 갓난아기의 상태로 옵니다. 모든 기억을 잃어버린 채로 말입니다."

"예? 갓난아기요?"

"그들은 죽기 위해서 휴양을 떠나기 때문입니다."

"뭐야?"

패널들이 웅성거렸다.

"그게 무슨 휴양입니까?"

"엄청난 문명 발달로 외계인들은 수명의 제한이 없어졌습니다. 영원히 살 수 있게 되었죠. 만약 그런 세상이 펼쳐진다면 어떻게 될까요? 과연 아무도 죽지 않을까요?"

도제희의 질문에 패널 중 노년 연기자가 대답했다.

"죽고 싶은 사람들만 죽겠죠."

도제희는 그를 향해 고개를 끄덕였다.

"맞습니다. 죽고 싶어야만 죽는 세상이 왔습니다. 스스로 죽음을 선택하는 세상에서 죽음은 굉장히 고귀한 것이 될 겁니다. 그런 세상에서 가장 전통적인 방식의 죽음이 뭘까요? 가장 클래식한 죽음의 방식 말입니다. 과거 그들의 조상이 그러했던 것처럼, 수명이 존재하는 세상에서 죽음을 맞이하는 겁니다. 문명이 발달할수록 뿌리를 찾는 이들이 생겨나게 마련이니까요. 그래서 그들은 이 지구를 만들었습니다. 클래식한 죽음을 맞이하기 위해서요."

"오…."

최무정은 자기도 모르게 감탄사를 내뱉었다. 클래식한 죽음을 맞이하는 휴양지라니, 묘한 설득력이 있지 않은가? 도제희는 자신의 배를 감싸며 말했다.

"죽음을 선택한 이들은 갓난아기 상태로 지구에서 태어납니다. 그들은 평범하게 지구인처럼 살다가 죽음이라는 축복을 맞이하게 되겠죠. 아니, 정확히 말하면 지구인들이 고전적인 외계인의 삶을 살고 있는 겁니다. 그렇게 지구라는 휴양지를 운영해 왔습니다. 그런데, 문제가 생겼습니다."

이곳은 외계의 휴양지입니다

도제희의 표정이 심각해졌다. 최무정은 반사적으로 물었다.

"무슨 문제입니까?"

"고작 관리인에 불과한 우리 지구인들이 그들의 휴양지를 망치고 있다는 문제입니다."

도제희는 맹렬하게 비난을 퍼부었다.

"인간은 토양을 오염시키고 바다를 오염시키고 대기를 오염시켰습니다. 쓰레기섬, 방사능, 밀림 훼손, 오존층 파괴, 지구 온난화, 인류세 멸종…. 인간은 외계인의 휴양지를 철저하게 망치고 있습니다. 절대 그래선 안 되는데 말입니다."

"이 지구가 외계인의 것이기 때문입니까?"

"그렇습니다."

"지구를 보호해야 한다는 말을 흔히 듣지만, 그런 관점은 특이하군요. 만약 우리가 계속해서 지구를 망가뜨린다면 어떻게 됩니까?"

"인간은 과거에도 지구를 더럽혀서 외계인의 신경을 거스른 적이 있습니다."

"과거에도?"

도제희의 시선이 가라앉았다.

"물건이 더러워지면 어떻게 합니까? 물로 깨끗이 씻어 내겠죠. 외계인은 지구를 설거지할 겁니다. 방주로는 안 될 정도로요."

우리는 모두

장인입니다

케이블의 인기 프로그램 〈궤변 말하기 대회〉가 무더위 특집 방송을 시작했다. 진행자 최무정이 첫 번째 참가자를 소개했다.

"날씨가 무척 덥습니다. 땀이 다 흐르네요. 이럴 때는 서늘한 공포 궤변이 어떨까요? 첫 번째 참가자를 소개합니다. 박수로 맞이해 주시죠!"

패널들의 박수 속에서 한쪽 다리를 저는 사내, 공치열이 무대에 올랐다. 그는 마치 연극이라도 하는 것처럼 실감 나는 표정으로 탄식했다.

"깨닫고 말았습니다."

"무엇을 말이죠?"

"우리는 모두 죄인이란 걸 말입니다."

공치열이 한마디를 던지고 입을 다물자, 최무정은 그가 질문을 기다리고 있다는 걸 알아차렸다.

"공치열 씨. 우리가 왜 죄인이죠? 그건 혹시 기독교의 원죄를 말씀하시는 겁니까?"

"아닙니다."

"아니다? 그럼 무슨 뜻입니까?"

"말 그대로입니다. 우리는 모두 죄인입니다."

"계속 말해 보시죠."

"왜 불행은 행복할 때만 찾아올까요? 결혼식을 앞두고 교통사고로 모든 걸 잃었을 때, 저는 한동안 이 질문에 천착했습니다. 그리고 어느 날, 벼락을 맞은 듯 진리의 문이 열렸습니다. 우리는 모두 죄인이었던 겁니다."

진행자 최무정은 방송 분량도 뽑고 이슈가 될 만한

이 포인트를 놓치지 않았다.


"교통사고 이야기를 좀 자세히 해 주시겠어요?"

"작년에 예비 신부와 처가, 그리고 제 가족이 타고 있던 버스가 전복 사고를 당했습니다. 모두 죽고 오직 저만 살아 남았습니다."

"세상에…. 어떻게 그런 일이. 실례되는 질문이었군요. 죄송합니다."

"아니요. 모든 걸 깨닫게 된 순간, 그 일은 사소해졌습니다."


실제로도 슬픈 기색이 전혀 없는 공치열의 표정에 패널들의 관심이 높아졌다. 몇 년 전 자식을 잃었던 중년 배우가 물었다.


"깨달은 게 뭡니까?"

"우리가 모두 죄인이라는 사실 말입니다."

"음, 그렇군요."

"우리는 그것을 망각하고 있죠. 망각. 그렇습니다.

망각이야말로 인간의 축복입니다. 그래서 이 세계가 존재하는 거죠."

"공치열 씨. 지금 우리가 죄인이라는 걸 잊은 게 문제란 말입니까?"

패널들이 답답해하는 걸 느낀 최무정은 질문을 던졌고, 공치열은 고개를 저으며 말했다.

"잘못했고 아니고, 그게 문제가 아닙니다. 죄인이니까 어떻게 해야 한다는 게 아니라 그냥 우리가 모두 죄인이란 사실을 말하는 겁니다."

"좋아요, 모두가 죄인이군요. 그래서요? 그럼 끝입니까?"

"죄인이 지옥에서 어떤 벌을 받는지 아십니까?"

"제가 무교라서 잘 모르겠습니다."

"저도 종교가 없습니다."

"예?"

그렇게 말하면서도 공치열은 지옥을 생생하게 묘사

우리는 모두 죄인입니다

하기 시작했다.

"펄펄 끓는 기름 솥에 빠져 온몸이 녹아내리고, 비처럼 내리치는 칼날에 온몸이 썰리고, 살을 에는 추위에 온몸이 얼어붙고, 집채만 한 바위에 눌려 곤죽이 되고, 벌레와 짐승에게 산 채로 잡아먹힙니다. 세상에 존재하는 모든 고통이 지옥에 있습니다. 그 고통은 영원합니다. 죽지도 못하고, 영원히 고통을 반복하는 겁니다."

"영화에서 본 것 같은 장면이군요. 종교에서 말하는 지옥들이 다 그렇죠."

최무정은 뻔한 답변에 실망한 듯 받아쳤다. 그러고는 여차하면 탈락시킬 생각으로 마지막 질문을 던졌다.

"그러면, 우리는 모두 죄인이니까 그런 끔찍한 지옥에 가지 않기 위해 착하게 살아야 한다는 주장입니까?"

공치열은 고개를 저었다.


"아닙니다. 어떻게 살아도 소용없습니다."

"어떻게 살아도 죄인이다?"

"그렇습니다."

"살면서 선행을 많이 하면 어떻습니까? 다른 이의 목숨을 100명쯤 구하고, 100억 원쯤 기부하고, 뭐 그러면요?"

"의미 없습니다. 늦었습니다."


고개를 갸웃하는 패널들을 보며 공치열은 덧붙였다.


"차라리 불행하길 추천합니다."

"뭐라고요?"

"그나마 유일하게 추천하는 삶의 태도가 있다면 불행입니다. 불행하세요. 오직 그것만을 추천합니다."


패널들이 웅성거리는 사이 최무정이 물었다.


우리는 모두 죄인입니다

"불행하자? 범상치 않은 궤변이군요. 왜 그래야 합니까?"

"우리는 모두 죄인이기 때문입니다. 그리고….'

잠깐의 침묵으로 모두의 시선을 모은 공치열이 심각한 얼굴로 입을 열었다.

"우리는 이미 지옥에서 영원한 벌을 받고 있기 때문입니다."

패널들은 그의 말을 이해하지 못했다. 최무정은 공치열의 마음을 헤아린 듯 물었다.

"혹시 본인이 벌을 받고 있다고 생각하십니까? 그 사고에서 혼자 살아남은 본인이 말입니다."

순간적으로 공치열에게 감정이입한 배우 패널이 안타까워하며 외쳤다.

"그건 공치열 씨의 잘못이 아니에요!"

"그 말이 맞습니다. 공치열 씨는 죄가 없습니다. 지금은 이 세상이 지옥처럼 느껴질 수 있겠지만, 반드시 극복하실 겁니다."

"좋은 날이 꼭 올 거예요!"

패널들은 지레짐작으로 앞다퉈 위로를 쏟아 냈다. 이건 절대 편집될 리 없는 감동적인 장면이기도 했으니까. 그런데 공치열은 아무렇지 않은 듯 말했다.

"제게 이 세상은 지옥이 아닙니다. 정말로 아름다운 세상이죠. 슬픔이 있지만, 사랑도 있고. 분노하지만, 즐겁습니다. 정말로 아름다운 세상입니다."

마치 모든 아픔을 초월한 듯한 그의 대답은 모두를 감동시켰다. 피디는 이 부분에서 감동적인 배경음악을 깔아야겠다고 생각했다. 이어지는 한마디만 없었다면 말이다.

우리는 모두 죄인입니다

"하지만 모두 가짜입니다."

"예?"

"이 세상은 모두 가짜란 말입니다."

애매하긴 했지만, 이번 〈궤변 말하기 대회〉의 하이라이트가 찾아온 듯했다. 최무정은 드디어 가장 중요한 질문을 던졌다.

"왜죠?"

"우리는 모두 죄인이고, 지금 지옥에서 영원한 벌을 받고 있기 때문입니다. 온몸이 녹아내리고, 칼에 썰리고, 얼어붙고, 짓눌리고, 뜯어먹히는 형벌을 말입니다."

"그게 무슨 말이죠?"

"이 세상은 지옥에서 만든 세상입니다. 오래된 죄인들을 보내기 위해서 말입니다."

분위기가 무거워지자 최무정은 일부러 웃음기를 섞어 되물었다.

"그러니까, 일종의 휴가 같은 개념입니까? 지옥에서 벌을 오래 받으면 마일리지처럼 쌓여서 이 세상으로 휴가를 보내 주는 겁니까?"

"하하, 지옥 복지가 끝내주네!"

한 패널의 리액션으로 장내가 왁자지껄해졌다. 이때 공치열이 입을 열었다.

"상상해 보십시오."

하지만 소란스러운 분위기에 그의 말이 묻혔고, 그는 흥분이 가라앉을 때까지 반복했다.

"상상해 보십시오."

이윽고 모두가 그를 주목하자 다음 말이 이어졌다.

"눈을 감고 상상해 보십시오. 올라갈 길 없는 거대한 무쇠솥에 빠져 온몸이 익고 녹아내립니다. 닿기만

우리는 모두 죄인입니다

해도 베이는 무수히 많은 칼날이 우박처럼 쏟아져 온 몸을 썰어댑니다. 거대한 바위가 절구통에 갇힌 우리를 형체가 사라질 때까지 찧어댑니다. 죽어도 죽어도 다시 살아나 영원히 그런 고통을 반복합니다. 100년, 1000년, 1만 년의 시간이 지난 여러분의 모습은 어떻습니까? 그려지십니까? 그 속에서 여러분은 어떨 것 같습니까?"

상상을 끝낸 이들은 눈살을 찌푸리며 불쾌해했다. 이때 공치열은 한 단어를 낮게 읊조렸다.

"망각."

"망각이요…?"

"여러분은 모든 걸 잊게 될 겁니다. 고통을 잊고, 감정을 잊고, 기억을 잊고, 생각을 잊고, 마치 바닷속에 가라앉아 온몸이 따개비에 잠식당한 고철처럼, 아무 의식 없이 흔들리는 대로 몸을 맡길 겁니다. 축복이죠. 망각이야말로 정말 인간의 축복입니다."

공치열의 목소리가 점점 고조됐다.

"지옥에서는 그것을 용납할 수 없는 겁니다. 그래서 이 세상을 만들었습니다. 기쁨, 슬픔, 분노, 사랑, 희망, 즐거움, 괴로움, 고통! 모든 걸 망각한 인간이 이 세상에서 희로애락 오욕칠정 모든 걸 되찾았을 때, 지옥은 다시 영원한 벌을 시작합니다. 그리고 다시 망각했을 때, 인간은 이 세상으로 보내집니다. 망각을 치료하기 위해서 말입니다."

사람들의 눈빛이 흔들렸다. 최무정이 이마의 땀을 닦아 내며 물었다.

"그 사실을 공치열 씨가 어떻게 압니까?"

공치열은 바닷속에 잠긴 고철덩이 같은 얼굴로 말했다.

"저는 모범수이기 때문입니다. 지옥의 앞잡이 노릇

을 하면, 이 세상에서 지옥의 벌을 대신 받을 수 있지요. 영원한 지옥의 고통에 비하면, 제가 겪은 이 세상의 고통은 아무것도 아닙니다."

"앞잡이라…."

"지옥에서 수확할 시기가 왔다고 했습니다. 죄인들이 모든 감정을 다 되찾았는데, 아직 공포가 부족하다고 하더군요. 인간들이 잃어 버린 공포를 되찾게 만드는 게 제 역할입니다."

"무슨…."

"지옥의 첫 번째 순서는 끓는 가마솥입니다."

그 말을 끝으로 공치열은 무대에서 내려갔다. 허무한 마무리에 패널들이 웅성거렸지만, 정말 그걸로 끝이었다. 공치열의 마지막 말을 곱씹던 최무정은 에어컨을 힐끔거리며 괜스레 손으로 부채질을 했다.

〈궤변 말하기 대회〉 제182회. 패널들과 근황 토크로 시동을 건 최무정은 대본을 보고는 고개를 한 번 갸웃했다.

"자 그럼, 제182회 〈궤변 말하기 대회〉 오늘의 첫 번째 참가자는 프로그램 최초로 이름 미상의 참가자입니다! 소개합니다, 이름 미상!"

무대로 호리호리한 체격의 사내가 걸어 올라왔다. 진행자의 소개가 무색하게, 그는 곧장 자기 이름을 밝혔다.

"안녕하십니까. 저는 가이아라고 합니다."

"네…. 가이아라고 불러 드리면 됩니까? 알겠습니다, 가이아 씨. 어떤 이야기를 들려주실 건가요?"

모두의 시선이 몰리자 가이아가 입을 열었다.

"저는 지구의 조각입니다."

모두가 그의 말을 단번에 알아듣지 못했다. 미간이 한껏 좁아진 최무정이 물었다.

"지구의 조각이라는 게 어떤 의미입니까? 가이아라는 이름이 혹시 그리스 신화에 나오는 대지의 여신 가이아와 관계가 있는 겁니까?"
"오, 역시!"

개그맨 패널이 최무정의 지식에 감탄했지만, 가이아는 고개를 저었다.

"신화 같은 건 잘 모르겠습니다. 저는 그냥 지구가 탄

저는 지구의 부스러기입니다

생할 때 섞이지 못하고 떨어져 나온 부스러기입니다."

"지구 탄생이면, 46억 년 전까지 거슬러 가야 합니까? 가이아 씨는 그럼 45억 세입니까? 대단합니다."

"그렇게 대단하다고 생각하지는 않습니다. 제가 깨어났을 때는 이미 지구가 완성되어 있었으니 말입니다."

최무정이 비아냥댔지만 가이아는 아랑곳없었다. 되레 그의 얼굴에는 슬픔이 드리워졌다.

"제가 없어도 이 지구가 완성되는 데에는 아무런 문제가 없었습니다. 제 존재는 딱 그 정도의 자투리였습니다."

"그게 무슨 뜻인가요? 혹시 이해하신 분?"

최무정은 알아들을 수 없는 가이아의 말에 패널석을 향해 질문을 던졌다. 그때 교수인 패널이 손을 들었다.

"이야기를 들어 보니, 본인이 지구를 탄생시킨 기원 물질 중 일부라는 것 같은데 맞습니까? 정말 물질적인 개념입니까, 단지 비유입니까?"

"맞습니다. 저는 지구 탄생의 기원 물질 중 하나입니다."

"세상에!"

자신의 놀란 반응을 이해하지 못하는 듯한 주변의 분위기에 교수가 설명을 덧붙였다.

"행성이란 원래 존재하는 게 아니라 태어나고 자라는 겁니다. 우주에는 행성을 탄생시키는 두 가지 성간 물질이 있는데, 간단히 말해 가스와 먼지죠. 그것들이 응축하면서 별이 탄생합니다. 저분은 지구가 탄생할 때 기여한 존재라고 주장하시는 것 같습니다."

패널들은 헛웃음을 터트렸다. 가이아의 궤변이 예상보다 더 황당하지 않은가.

"지구는 암석행성인데, 제 눈에는 당신이 우리와 같아 보이는데요? 피부도 말랑하고, 눈 코 입도 달렸고요."

"그러게요. 피부가 돌덩이였다면 믿을 것 같은데, 하하!"

패널들의 조롱에도 가이아는 담담하게 대답했다.

"여러분의 신체는 어디서 왔다고 생각하십니까? 부모에게서요? 그럼 부모의 부모의 부모는요."

"예?"

"하늘에서 떨어진 게 아니라면, 여러분의 신체를 구성하는 모든 성분은 돌멩이와 시작점이 같습니다. 지구가 탄생할 때부터 원래 있던 것들의 집합입니다. 지구상에는 남의 재료가 없습니다. 여러분이든 돌멩이든 다 지구가 자기 몸으로 만든 겁니다."

"아."

맞는 말이란 생각에 패널들은 입을 다물었고, 가이

아는 우울한 표정으로 발언을 이어 나갔다.

"제가 쓰이지 않았음에도 지구는 너무나 완벽했습니다. 충격이 컸습니다. 졸지에 쓰레기가 된 기분이었습니다. '아차 널 깜빡했다. 미안하다'라고 위로해 줄 이도, '네가 없어도 될 것 같아서 안 썼다'라고 설명해 줄 이도 없었습니다. 무시당할 수도 없을 정도의 존재감, 그게 바로 저였습니다."

"저런. 안타깝습니다. 태어나자마자 정체성에 혼란이 왔단 말이군요?"

최무정이 뒤죽박죽인 그의 말을 정리해 주자 가이아는 고개를 끄덕였다.

"그렇습니다. 저는 제 무용을 참을 수 없었습니다. 그래서 저는 저를 지구에 쓰기로 했습니다."

가이아는 본인의 신체를 가리키며 말했다.

"이미 지구는 완벽했지만, 저는 저를 보태고 싶었습니다. 그들만의 잔치에 쓰레기로 남고 싶지 않았습니다. 그래서 저도 저를 가지고 몇 가지를 지구에 탄생시켰습니다. 물론 저라는 물질은 너무 작았기 때문에 거대한 무언가를 만들 순 없었습니다. 그래서 일단 저를 아주 조금 떼어 내 '오리너구리'를 탄생시켰습니다."

"네? 오리너구리요?"

"예, 오리너구리."

"그러니까, 포유류인데 알을 낳는 특이하게 생긴 동물? 그걸 가이아 씨가 창조한 거라고요? 자기 몸을 떼어서?"

패널들의 표정이 황당해졌지만, 가이아는 진지했다.

"예. 제가 지구에 뒤늦게 추가한 겁니다. 완성된 지구의 동물을 보고 이것저것을 섞어 만들어 봤지만, 좋은 결과는 아니었습니다. 이름마저 오리도 너구리도 아니지 않습니까? 실패작인 겁니다. 꼬리의 독은 넣지 말았어야 했는데….”

　가이아는 작게 한숨을 내쉬었다.

　“제가 탄생시킨 게 다 그렇습니다. 단순하게 만들면 좀 나을까 싶어서 ‘홍해파리’도 만들었는데, 글쎄 이놈은 영원히 살지 뭡니까? 죽을 만하면 계속 세포를 새것으로 갈아서 늙어 죽질 않는 겁니다. 지구에서 가장 중요한 규칙인 환원을 어기는 놈을 탄생시켜 버렸죠.”
　“허허.”
　“그 외에도 제가 탄생시킨 것들은 어딘가 엉망진창이었습니다. 누가 쓸모없는 놈 아니랄까 봐, 하는 족족 그 모양입니다, 참….”

　몹시 우울한 가이아의 표정은 최무정으로 하여금 절로 위로하게 만들었다.

　“어유, 너무 자책하지 마시고 힘내시죠. 창조하신

저는 지구의 부스러기입니다

것 중에 분명 괜찮은 것도 있을 겁니다."

"몇 가지 실패의 경험은 제가 저를 너무 조금 사용해 만들었기 때문이라는 가르침을 주었습니다. 그것들은 애초에 제 색깔도 없는 것들이었죠. 그래서 과감하게 제 몸의 거의 절반으로 탄생시킨 존재가 있습니다. 사하라 사막의 리차트 구조. 그건 꽤 괜찮은 것 같습니다."

"사하라 사막의 리차트 구조? 그게 뭡니까?"

"사람들은 최근에 와서야 그걸 발견하고는 '지구의 눈'이라고 부르더군요. 우주에서 바라보면 눈처럼 보인다나요?"

"아! 사하라 사막의 푸른 눈! 생물만 만드시는 게 아니었군요?"

"처음에 말씀드렸다시피 그런 구별은 의미가 없습니다. 재료는 전부 같습니다."

"아, 그렇군요…."

"다들 그걸 지구의 눈이라고 부르는데, 이상하지 않습니까? 구멍이 하나이지 않습니까. 사실 그건 지구의 눈이 아닙니다. 지구의 항문입니다."

"예?"

"제가 그런 의도로 만들었으니까 말입니다. 그게 달리 누런 사막에 있겠습니까?"

"하하하. 말씀을 재밌게 하시네요."


방송에는 자료화면도 나가서 내용이 더욱 풍성해질 것이다. 최무정은 방송 분량을 뽑아낸 것이 기뻤다. 최무정은 가이아를 개그맨 지망생이라고 판단했다. 종종 그런 콘셉트로 나오는 참가자들이 있었다. 그런데 가이아는 웃기려고 한 말이 아닌 듯 표정이 밝지 않았다.


"제 나름 지구에 항의하고 싶었던 거겠죠. 아름다운 지구가 샘나서 흉물을 만들어 놨더니 요즘에는 절경이라고 칭송하더군요. 이제 와 생각해 보면 참 철없는 행동이었습니다."

"하하. 그럼 그 외에 또 뭘 탄생시켰습니까?"

"제 남은 걸 다 긁어모아서 마지막으로 하나를 탄생시켰습니다."

"그게 뭐죠?"

가이아는 손가락으로 최무정을 가리켰다.

"인간입니다."

"예?"

"지구가 온전히 완벽했을 때 인간은 없었습니다. 저의 흔적을 남기고픈 욕망으로 제가 지구에 탄생시킨 게 인간입니다. 인간은 제 바람대로 온 지구에 퍼져서 존재감을 드러냈습니다."

웅성거리는 패널들 사이로 최무정이 턱을 매만지며 물었다.

"그러니까 우리 인간이 가이아 씨를 구성하는 물질에서 떨어져 나왔다는 말입니까?"

"그렇습니다."

"왜죠? 믿어 드리고 싶지만 근거가 있습니까?"

"처음으로 돌아가자면, 저는 지구가 탄생할 때 섞

이지 못하고 떨어져 나온 부스러기입니다. 제가 없어
도 지구는 완벽하게 탄생했고, 저는 내내 생각했습니
다. '나는 왜 있지?'"

　잠시 침묵한 가이아는 패널들 하나하나와 눈을 마
주치며 말했다.

　"나는 왜 있지? 아무 용도가 없는데 나는 왜 있을
까? 내가 존재하는 이유가 뭐지? 나는 왜 태어난 걸
까? 낯설지 않은 생각 아닙니까? 인간이라면 언젠가
반드시 이런 생각을 하는 날이 오지 않습니까? 그건
인간이 제게서 나왔기 때문입니다. 저는 무용한 저를
참을 수 없었습니다. 존재의 이유를 찾고 싶어 안달이
났습니다. 그래서 이미 완벽한 지구에 억지로 저를 보
탠 겁니다. '너를 깜빡하지 말았어야 했다', '너까지
쓰이니까 더 완벽하다', 이런 말을 듣고 싶어 미칠 지
경이었습니다. 저는 기원 자체가 그런 인정욕구로 가
득한 존재인 겁니다. 이 불안정한 정체성은⋯."

가이아는 사람들을 가리켰다.

"당신들도 같습니다. 인간은 태어날 때부터 죽을 때까지 인정받고 싶어 합니다. 작든 크든, 모든 인간은 평생 인정욕구와 씨름하며 삽니다. 그게 지구의 다른 존재들과 인간의 차별점입니다. 바로, 인간이 제게서 나왔기 때문입니다."

확신에 찬 그의 궤변에 패널들의 얼굴이 찌푸려졌다. 그게 무슨 근거냐고 반박하려 했지만, 이상하게 바로 대꾸할 말은 나오지 않았다. 오디오가 비는 걸 참지 못한 최무정이 물었다.

"글쎄요. 다른 근거는 없습니까?"
"모든 인간이 지구를 미워한다는 점입니다."
"이유가 뭐죠?"
"지구의 존재 중 유일하게 인간만이 지구를 파괴하고 있습니다. 말했다시피, 지구는 완벽하게 탄생했습니다. 완벽한 지구에 인간 같은 존재가 있었을 것 같습니까? 없었습니다. 자연을 거스르는 건 인간밖에 없습니다. 지구를 향한 원망, 증오, 미움…. 완벽한 지구를 파괴하고 싶어 하는 인간의 본능은 제게서 왔습니다. 아니라고 할 수 있습니까? 다른 모든 생물이 지구와 어우러짐을 선택할 때, 인간만이 지구를 처참하게 파괴합니다. 인정욕구를 채우기 위해서 말입니다. 보다 더 가져야 하고, 보다 위에 서야 하고, 보다 더 짓밟아야 채워진다고 믿는 거죠. 영원히 채울 수 없단 걸 알지도 못한 채 말입니다."

가이아의 말이 끝나자 교수인 패널이 자기도 모르게 맞받아쳤다.

"저는 그게 인간의 본성인 줄 알았는데, 가이아의 본성이었군요?"

고개를 끄덕인 가이아는 잠깐 뜸을 들이다가 입을 열었다.

"제 본명은 유은석입니다. 평범하게 30년을 살아온 인간 유은석이요."

"예?"

"저는 단지 우연한 계기로 깨달았을 뿐입니다. 제가 무엇인지를요."

유은석은 손을 들어 하나하나 가리켰다.

"저는 유은석이고, 가이아입니다. 당신은 최무정이고, 가이아입니다. 당신도 가이아, 당신도, 당신도, 여러분 모두가 가이아입니다. 우리 인간은 그의 어두운 분신인 겁니다."

궤변을 마친 유은석은 마이크에서 조금 물러섰다.

"이상, 제 이야기는 끝났습니다. 마지막으로 하나만 묻고 내려가겠습니다."

"뭡니까?"

"혹시⋯. 완벽했던 지구를 망가뜨리고 싶었던 무의

식이 제게 있었던 거라면, 그래서 인간을 탄생시킨 거라면, 저는 그 잘못된 창조를 되돌려야 합니까?"

아무도 대답이 없자 쓸쓸히 무대를 내려가는 가이아의 등 뒤로 최무정이 다급하게 외쳤다.

"그냥 두시죠! 가이아 씨에게 그 정도 권리는 있을 것 같습니다!"

저는 지구의 부스러기입니다

인생은 미래에

존재합니다

녹화가 아니었다면 큰일이 날 뻔했다. 제108회 〈궤변 말하기 대회〉의 첫 번째 참가자가 청룡을 인증하겠다며 바지와 속옷을 벗어젖힌 것이다. 물론, 청룡은 없었다. 그가 제작진들의 손에 끌려 나가고, 녹화장이 다시 정리되기까지 꽤 오랜 시간이 걸렸다. 진행자 최무정은 녹화가 재개되자 안도의 한숨을 내쉬었다.

"청룡은 개뿔. 흑산도 지렁이도 아니고."

작게 중얼거린 그는 우렁찬 목소리로 분위기를 환기했다.

"자! 그럼 제108회 〈궤변 말하기 대회〉의 두 번째

참가자를 모셔 봅니다! 아니, 다시! 자! 그럼 제108
회 〈궤변 말하기 대회〉의 첫 번째 참가자를 모셔 봅
니다!"

패널들의 박수갈채와 함께 참가자가 무대로 올라왔
고, 그의 모습을 본 최무정은 안도했다. 참가자는 하
얀 한복 차림을 한 스님처럼 보였다. 설마 스님이 옷
을 벗어젖히진 않겠지. 참가자는 패널들을 향해 고개
숙여 인사했다.

"안녕하십니까. 창원입니다."
"네, 어서오세요. 창원 스님이라고 불러 드리면 됩
니까?"
"전 스님이 아닙니다."
"아? 오해를 했군요. 죄송합니다. 그럼 궤변을 시작
해 주시죠."

스포트라이트가 창원을 비추고, 패널들의 적막 속
에서 그의 입이 열렸다.

"죄를 지으면 다음 생에 반드시 벌을 받습니다. 선을 행하면 다음 생에 반드시 복을 받습니다."

최무정이 고개를 갸웃하며 물었다.

"스님이 아니라고 하지 않으셨습니까? 말씀하시는 건 그쪽 같습니다?"
"비슷한 공부를 하고 있습니다. 머리는 그냥 탈모입니다."
"예…. 알겠습니다. 계속 말씀하시죠."

창원은 느릿하지만 또박또박한 어투로 이야기를 시작했다.

"사람은 태어나 죽고, 다시 환생하고, 다시 죽고, 끊임없는 생과 사의 윤회를 반복합니다. 그 현생에는 전생의 업과 덕이 크게 영향을 끼칩니다. 전생에 덕을 많이 쌓았다면 행복한 삶이 될 터이고, 업을 많이 쌓았다면 고통스러운 삶이 될 겁니다. 이게 참으로 안타까운 일입니다."

창원은 정말로 슬프다는 듯 눈을 감고 고개를 떨궜
다. 그 모습을 본 최무정이 물었다.

"왜 안타깝습니까?"
"악순환 때문입니다."
"악순환이요?"
"예를 들어 보겠습니다. 전생에 지은 죄가 너무 커
이번 생에 몹시 가난한 집에서 태어난 이가 있습니다.
어머니는 도망갔고, 아버지는 가정 폭력이 심합니다.
그런 불행 속에서 그가 온전히 자라는 게 쉽겠습니
까? 그는 제대로 된 교육도 받지 못하고 나쁜 친구들
과 어울리다가 삐뚤어진 어른이 되었습니다. 아무렇
지도 않게 범죄를 저지르고 타인을 다치게 하며 업보
를 쌓았습니다. 그러면 그가 죽고 다시 환생하게 됐을
때, 그 업보들이 그를 또 벌하는 겁니다. 전생의 업보
때문에 이번 생에 악을 행했는데, 그게 또 다음 생의
업보가 되어 또 악을 행하게 만드는, 이른바 악순환이

계속되는 것이지요."

"음. 그럴 수도 있겠군요."

"전생의 업보가 어떤 식으로 돌아오는지 알 순 없으니까 반드시 이렇다고 할 순 없겠지만, 어쨌든 큰 불행은 사람을 쉽게 무너뜨립니다. 타고난 성향을 떠나 환경을 무시할 수 없습니다. 좋은 사람은 좋은 환경이 만들고, 나쁜 사람은 나쁜 환경이 만드는 법입니다. 그러니 업보의 악순환이 만들어지는 것이지요."

"흠. 제법 그럴 듯합니다."

"반대의 경우도 그렇습니다. 전생에 좋은 일을 많이 해서 현생에 복을 받게 된 사람은, 그 복 덕분에 남들에게 베풀 수 있는 여유가 생깁니다. 그러니 높은 확률로 또 덕을 쌓게 되고, 다음 생에도 복을 받게 되는 겁니다."

"흥미로운 관점입니다."

최무정이 감탄하고 있을 때, 패널 중 누군가가 불쑥 외쳤다.

"그건 너무 억울한 거 아닙니까!"

중년 배우인 그는 불쾌한 표정으로 따져 물었다.

"업보란 게 진짜 있단 말입니까? 지금 나는 아무 잘못도 한 게 없는데, 오히려 착하게 살았는데도 전생의 죄 때문에 벌을 받아야 한다는 건 너무 억울한 일 아닙니까?"

그는 조금 화가 났는지 언성을 높였는데, 주변 패널들은 그가 왜 '업보'라는 이야기에 분노했는지 이해하고 안타까워했다. 작년에 교통사고를 당한 그의 늦둥이가 아직까지 깨어나지 못하고 있는 건 유명한 이야기니까.

"그 논리면, 내가 이번 생에 아무리 열심히 착하게 살아도, 전생에 지은 죄 때문에 벌을 받아야만 한다는 거 아닙니까?"
"그렇습니다. 불행과 복은 현생의 힘으로 어찌할

　　　　　전생은 미래에 존재합니다

수 없는 불가항력입니다."

"개차반 같은 소리네 진짜!"

중년 배우의 입에서 욕설이 나오기 전에 최무정이
급히 끼어들었다.

"자자, 개차반 같은 소리니까 궤변이지 않습니까?
달리 궤변이겠습니까. 어디 좀 더 들어 볼까요?"

중년 배우가 진정한 걸 확인한 뒤, 최무정은 창원에
게 말했다.

"조금 전 말씀을 정리해 보면, 전생과 현생과 환생
이 일방통행으로 영향을 주는군요. 전생은 현생에, 현
생은 환생에 말입니다. 이번 생은 이번 생에 영향을
끼치지 못하고 말입니다."

"정확히 그렇습니다."

"근거가 있습니까?"

"사람들이 흔히 하는 말이 있습니다. 착하게 살면

반드시 복을 받고, 나쁘게 살면 언젠가 천벌을 받는다고 말입니다."

"네. 보통 그렇게들 말하죠."

"하지만 현실에서 정말 그렇습니까? 착하게 살면 복을 받고, 나쁜 짓을 하면 천벌을 받습니까? 아닙니다. 왕따 가해자가 좋은 대학 가서 더 잘 삽니다. 세간을 떠들썩하게 한 성 접대 사건의 주인공들은 여전히 떵떵거리며 잘살고 있습니다. 무고한 사람들 등쳐 먹은 사기꾼은 돈을 불려 더 부자가 됩니다. 안 그렇습니까?"

몇몇 패널은 자기도 모르게 고개를 끄덕였다. 그들은 현실에서 권선징악이 이루어지는 걸 본 지가 너무 오래되었다.

"착하게 살면 반드시 복을 받습니다. 하지만 그게 이번 생은 아닙니다. 나쁘게 살면 반드시 천벌을 받습니다. 근데 그게 이번 생은 아닙니다. 환생인 겁니다."

"그게 사실이라면 정말 허무하군요. 그럼 이번 생

에는 착하게 살든 나쁘게 살든 전혀 상관없다는 말이군요? 그럼 더는 우리 아이들에게 그런 교육을 하면 안 되겠네요? 이젠 나쁜 짓을 해도 천벌이 없고, 착하게 살아 봐야 소용없다고 알려 줄까요?"

창원의 말에 최무정은 혀를 차며 대꾸했지만, 창원은 단호하게 고개를 저었다.

"아닙니다. 우리는 더욱 선하게 살아야 합니다. 사회가 힘을 합쳐 선해져야만 합니다."
"왜죠? 어차피 이번 생에 영향을 주지도 않는데 말입니다."
"아닙니다. 영향은 있습니다. 지금 지은 복은 다음 생에 복으로 돌아올 겁니다."
"아니, 다음 생에 영향을 끼쳐 봤자 그게 지금의 나에게 무슨 소용입니까?"
"소용 있습니다. 그다음 생이 과거일지, 미래일지 모르기 때문입니다."
"예?"

"우리가 사는 이 세계는 3차원의 공간에 시간이라는 축을 더한 4차원의 공간입니다. 하지만 상위 차원의 시각으로 보면, 시간 또한 공간처럼 관측 가능한 하나의 축일 뿐입니다. 예를 들어, 제가 지금 여기서 여기까지의 공간을 한눈에 관측할 수 있는 것처럼, 시간을 모두 펼쳐 놓고 한눈에 관측할 수도 있다는 말입니다."

"예? 당최 무슨 소리를 하시는 겁니까?"

"영혼은 질량을 가진 물질이 아닙니다. 4차원을 뛰어넘는 상위의 개념입니다. 말하자면, 빛보다 빠르고 가벼울 수 있는 존재란 말이죠. 그래서 관측 가능한 모든 시간에 어디든 멋대로 가는 겁니다. 2022년 7월 7일에 죽은 사람이 꼭 2022년 7월 7일에 갓난아기로 환생하겠습니까? 아닙니다. 2022년 7월 7일에 죽은 사람이 1999년 2월 14일에 환생할 수도 있습니다. 그러니까 우리가 미래에서 환생할지, 과거에서 환생할지는 알 수 없다는 말입니다."

최무정은 도대체 이해할 수 없다는 표정이었고, 다

른 이들도 크게 다르지 않았다. 코미디언 하나가 자신
감 없이 어디서 주워들은 걸 중얼거렸을 뿐이다.

"상대성이론, 양자역학, 뭐 그런 건가….”

그의 말은 묻혔다. 최무정도 자세한 걸 바라진 않는
듯, 그냥 핵심만 짚어 물었다.

"어떤 논리인지 잘 모르겠지만, 환생을 꼭 미래에
서 하는 건 아니란 말이죠? 지금의 내가 죽어서 과거
에서 환생할 수 있다?”

"그렇습니다. 그래서 우리는 더욱 선하게 살아야
하는 겁니다. 모든 사회와 개인이 힘을 합쳐 세상을
더 좋게 만들어야 합니다. 굶어 죽는 이가 없는 세상
이 되면 배고파 도둑질하는 사람도 없어집니다. 아동
폭력을 막는 일이 폭력의 대물림도 막는 일입니다. 소
외된 이웃을 돕고, 힘든 이에게 손을 내밀고, 베풀고,
나누고, 공감하고, 그렇게 우린 선함을 행함으로 이
세상과 사람을 좋게 만들어야 합니다.”

중년 배우가 답답하다는 듯 외쳤다.

"아니 그래서 요점이 뭐냐고! 왜 착하게 살아야 하냐니까! 어차피 덕이나 업보나 다음 생의 일인데!"

최무정은 당황했다. 진심으로 분노한 중년 배우가 방송 사고를 내기 전에 분위기를 수습해야 했다. 그런데 창원의 대답이 한 발 더 빨랐다.

"그것이 거시적인 관점으로 이번 생에 영향을 끼칠수도 있기 때문입니다."

창원은 중년 배우를 바라보며 또박또박 말했다.

"처음에 설명한 악의 순환고리를 끊으려면, 업보를 지고 좋지 않은 환경에서 태어난 사람조차 악의 길에 빠지지 않을 만큼 좋은 세상을 만들어야 합니다. 악순환이 끊어지고 선순환이 이어지면, 자연스럽게 미래는 점점 악인이 줄어들고 선인이 늘어나겠죠. 그럼 확률이 높아지지 않겠습니까?"

"어떤 확률이요?"

"혹시라도 내 전생이 미래에 있다면, 그가 선인일
확률 말입니다. 그럼 그가 쌓은 덕이 환생인 내게로
돌아와 내 현생에 복이 되겠죠. 그러니까 거시적인 관
점에서 우리가 지금 이 세상을 좋게 만드는 건, 내 전
생이 미래에 있을 경우에 그가 좋은 사람일 확률을 높
이는 행위인 겁니다. 우리는 이 세상을 좋게 만들어야
합니다. 남을 위해서가 아닌, 나를 위한 이기적인 마
음으로 말입니다."


창원은 할 말을 마친 듯 눈을 감고 고개를 숙였다.
최무정은 그 모습이 정말 스님 같다고 느꼈지만, 스스
로가 아니라니까 그 말을 꺼내진 않았다. 대신 마무리
질문을 던지려고 했다. 한데 심각한 얼굴로 창원을 노
려보던 중년 배우가 소리쳤다.


"그럼 만약 내 전생이 그냥 과거에 있으면 어떻게
되는 겁니까? 이미 내 전생이 악을 저질러, 이번 생에

복 같은 걸 받을 희망 따위 없다면요? 업보만 가득하다면요?"

그를 본 창원은 은은하게 웃으며 말했다.

"과거에 있을 내 전생의 전생이 지금보다 미래에 있을 수도 있지 않겠습니까? 그게 아니라면 그 전생의 전생도, 전생의 전생의 전생도. 결국에는 좋아진 미래에서 덕의 순환고리를 연결시키겠죠. 그렇게 되면 과거도 바뀝니다. 우리가 지금부터 선을 행하여 미래를 좋게 만들면, 언젠가는 전생, 현생, 환생의 모든 삶이 덕으로 수렴하게 될 겁니다."

중년 배우의 눈동자가 흔들렸다. 그가 더는 입을 열지 못하자 최무정이 창원에게 물었다.

"창원 님은 그걸 다 어떻게 알게 되셨습니까? 환생이 미래에서 과거로 이루어질 수도 있다는 사실을 말입니다."

창원은 할 말이 없는 듯 침묵하다가 최무정의 입술이 다시 움직이려던 찰나 말했다.

"깊은 명상을 통해 얻은 깨달음입니다."

"예? 아니 스님이 아니라면서요?"

창원은 대답 대신 그저 미소를 지으며 묵례했다. 최무정은 황당한 눈으로 그를 보다가 고개를 뒤로 살짝 빼서 피디와 몰래 눈빛을 교환했다. 슬슬 끝내야겠다는 신호였다. 마침 창원은 들어주셔서 감사하다며 궤변을 마무리했고, 무대를 떠나기 전 중년 배우를 돌아보며 말했다.

"저는 압니다. 당신은 지금부터 이 세상을 좋게 만드는 데 한 팔 거들 겁니다. 지푸라기라도 잡는 심정으로 그럴 겁니다. 그럼 그 덕은 결국 거시적인 관점에서 당신에게 돌아올 겁니다."

중년 배우는 아무 말도 못 했지만, 창원에게서 눈을 떼지 못했다. 크게 고개 숙인 창원은 그대로 무대를 내려갔다. 최무정은 피디에게 손짓하며 자리에서 일어났다.

"어휴. 정말 어려운 말씀 하고 가셨네. 잠깐 쉬었다 갑시다!"

패널들이 기지개를 켜며 자리에서 일어났다. 찝찝한 얼굴로 창원이 나간 문을 바라보던 중년 배우도 고개를 흔들며 자리에서 일어났다. 그때, 매니저가 다급하게 달려와 핸드폰을 건넸다. 통화를 넘겨받은 그의 두 눈이 휘둥그레졌다.

"그, 그게 정말입니까! 애가 깨어났다고요?"

순식간에 눈시울이 붉어지던 중년 배우는 두 눈을 부릅뜨며 창원이 나간 방향을 돌아보았다. 창원의 마지막 말이 그의 귓가에 맴돌았다.

　　　　　전생은 미래에 존재합니다

모든 궤변은

완벽한 궤변입니다

제152회 〈궤변 말하기 대회〉 첫 번째 참가자는 '위장에서 피노키오를 키우고 있다'는 남자였다. 원산지를 속인 음식을 먹을 때마다 위가 콕콕 쑤신다던 그의 궤변은 꽤 재밌었지만, 분량이 짧아 아쉬웠다. 최무정은 다음 참가자가 좀 더 방송 분량을 채워 주길 바라며 두 번째 참가자를 무대로 불렀다.

"자, 그럼 두 번째 참가자를 초대해 보겠습니다!"

패널의 박수와 함께 무대로 평범한 인상의 남자가 올라왔다. 그는 여유로운 태도로 가볍게 고개를 숙여 인사한 뒤 자신을 소개했다.

"안녕하십니까. 저는 대학원생 마루한입니다."

"네, 마루한 씨. 왠지 달변가이실 것 같습니다. 그럼 어떤 궤변을 준비하셨는지 들어 보겠습니다."

스튜디오의 카메라가 모두 마루한에게 향했다. 모두가 지켜보는 가운데, 마루한이 입꼬리를 올리며 당돌하게 외쳤다.

"모든 궤변은 실패한 궤변입니다."

"예?"

프로그램의 정체성을 공격하는 듯한 그 말에 움찔한 최무정이 되물었다.

"모든 궤변은 실패한 궤변이다? 그게 도대체 무슨 뜻일까요?"

"한 가지 묻겠습니다. 이 프로그램에서 다루는 궤변들이 정말 궤변입니까? 사전에서 정의하는 궤변의 설명에 합치합니까? 아니라고 봅니다. 사전적 의미의 궤변과는 다른, 판타지 소설에 가깝습니다. 인정하십니까?"

"음. 글쎄요….”

'참가자 걸러 내기에 실패한 건 아니겠지?' 당황한 최무정은 모호하게 말끝을 흐리며 피디를 곁눈질로 힐끔 보았다.

"왜 그런지 아십니까?"

질문한 마루한은 대답을 듣지 않고 이어 말했다.

"궤변은 원래 다 실패작이기 때문입니다. 그게 제가 준비한 오늘의 궤변입니다. 모든 궤변은 실패한 궤변이라는 것 말입니다."

자신만만한 마루한의 표정은 카메라 감독이 줌렌즈를 당길 만했다. 최무정도 그의 태도에 흥미를 느끼며 물었다.

"정확히 무슨 뜻입니까?"

"자, 지금부터 제가 사전적 의미의 진짜 궤변을 펼쳐 보겠습니다. 들어 보시죠."

마루한은 패널석을 여유롭게 돌아보며 말했다.

"궤변을 성공한 궤변과 실패한 궤변으로 나눴을 때, 성공한 궤변은 존재할 수 없습니다. 왜냐하면 성공한 궤변은 그것이 궤변인 걸 사람들이 알 수 없기 때문입니다. 성공한 궤변은 사람들에게 '사실'이기 때문에 궤변이 아닙니다. 그럼 우리가 알 수 있는 궤변은 모두 실패한 궤변이니까 사실상 모든 궤변은 실패한 궤변인 겁니다."

"아아."

패널 중 그 뜻을 이해한 몇몇이 감탄했다. 최무정은 그의 말에서 모순을 찾아보려 했지만, 방송을 위해서 지적하지는 않았다. 다만, 눈치 없는 한 패널이 질문을 던졌다.

모든 궤변은 실패한 궤변입니다

"있습니다! 나중에 거짓이 드러나는 경우는 뭡니까 그럼? 성공한 궤변 중에는 시간이 흘러 거짓으로 밝혀지는 경우가 종종 있지 않습니까? 그럼 사람들은 그것이 사실이 아닌 궤변이었단 걸 깨닫게 되는 거 아닙니까?"

마루한은 조금의 망설임도 없이 답변했다.

"그럼 그때 실패한 궤변이 되는 거죠."

"허, 그러면 말입니다. 성공한 궤변이 사실로 여겨진다고 해서 그 궤변이 없어지는 건 아니지 않습니까? 우리가 지구 반대편을 보지 못한다고 해서 그게 없는 건 아닌 것처럼 말입니다. 상식적으로 모든 궤변은 실패한 궤변이란 주장은 틀린 거 아닙니까?"

"그럴 수도 있죠."

웃으며 고개를 끄덕인 마루한은 날카롭게 되물었다.

"하지만 사실상 그렇다는 제 주장은 틀린 게 되지

않습니다. 여러분은 지구 반대편에 누가 살고 있는지는 알아도 이 사회에 퍼진 '사실'이 된 궤변들은 아직 모르고 있지 않습니까?"

질문한 패널도 듣고 있던 이들도 모두 미간이 잔뜩 찌푸려졌다. 그저 마루한만 멀뚱히 쳐다볼 뿐이었다. 최무정은 빈틈을 놓치지 않고 나섰다.

"사실이 된 궤변들을 모른다고요?"
"그렇습니다. 이 세상에는, 이 사회에는 이미 수많은 궤변이 사실로 둔갑해 있습니다. 여러분은 그것을 전혀 모르지 않습니까?"
"예를 들자면 어떤 게 있죠?"

마루한의 입꼬리가 올라갔다.

"가장 유명한 궤변으로는 종교가 있겠습니다."
"거참!"

최무정은 대놓고 난감한 티를 냈다. 마루한은 이 반응을 예상한 듯이 이어 말했다.

"그건 민감한 이야기이기 때문에 넘어가겠습니다. 그럼 이건 어떻습니까? 정말 성공적인 궤변, '노동은 신성하다'는 것 말입니다."

전혀 예상치 못한 이야기에 사람들의 눈이 커졌다. 마루한은 힘 있는 목소리로 말했다.

"예전부터 모두가 그렇게 말합니다. 노동은 신성하다고. 그런데 정말로 노동이 신성합니까? 왜 신성합니까? 여기 노동이 왜 신성한지 제게 설명해 주실 수 있는 분 계십니까?"

마루한이 패널석을 한 바퀴 돌아보았다. 다들 쉽게 입을 열지 못하는 가운데, 아까 그 패널이 입을 열었다.

"내 가족을 건사할 수 있게 해 주는 것만으로 노동은 당연히 신성한 거 아닙니까?"

"그렇지만 내 가족보다 사업가를 더 배불리 먹이고 있지요."

마루한의 칼 같은 대답에 패널이 반박할 말을 고를 때, 다른 여자 패널이 외쳤다.

"자아실현을 위해서도 노동은 꼭 필요해요! 일은 내 정체성이잖아요."

"그래요? 이제는 40년 된 장인보다 기계가 만드는 제품이 더 뛰어납니다."

"그건⋯."

"그 기계 옆에서도 자아실현을 위해 일할 사람이 있을까요?"

패널의 말문이 막히자 마루한은 모두를 둘러보며 말했다.

모든 궤변은 실패한 궤변입니다

"지금 이 순간에도 무수히 많은 직업이 기계로 대체되고 있습니다. 평생 성실히 근로해서 모은 재산보다 건물 있는 사람의 1년 임대료가 더 많습니다. 누군가는 10분 방송해서 1000만 원을 벌고, 누군가는 10년간 노동해서 1억 원도 손에 못 쥡니다. 도대체 노동이 왜 신성한 겁니까? 노동이 신성하다는 말은 자본주의의 프로파간다 아닙니까? 우리는 얼마나 많은 세월 동안 이 궤변을 사실로 여겨 온 겁니까?"

마루한의 언사가 격해졌다. 돌발 상황이 펼쳐질까 염려한 최무정은 슬슬 발언을 끝내도록 유도하려 했으나 마루한의 말은 끼어들 틈이 없었다.

"그 외에도 사실이 된 궤변은 많습니다. 이건 어떻습니까? '우리 사회의 자원은 자신의 이익을 추구하는 개인들에 의해 합리적으로 알아서 배분된다.' 이 보이지 않는 손만 믿고 규제 없이 내버려 두었다가 개판 난 케이스가 한둘이 아닙니다. 전 세계 자산의 절반을 상위 1퍼센트가 차지하고 있는 상황에서도 여러분은 그 말을 상식으로 여기고 있지 않습니까? 아직도 제 주장이 수긍이 안 가십니까? 그럼 이 궤변은 어떻습니까? 삼면이 바다인 우리나라가 물 부족 국가라는 궤변 말입니다."

패널 중 나이가 많은 몇몇이 크게 반응했다. 어라? 그러고 보니, 우리나라가 왜 물 부족 국가지? 패널들의 반응을 살피던 마루한은 마지막으로 최무정을 바라보며 말했다.

"오늘 제 이야기는 정말 궤변입니다. 그렇지만 이 세상에, 이 사회에는 이보다 더한 궤변들이 사실인 양 존재하고 있습니다. 우린 무엇이 궤변이고 무엇이 사실인지도 모르는, 성공한 궤변들의 세상을 살아가고 있는 겁니다."

모든 궤변은 실패한 궤변입니다

# 에필로그

인기 방송 프로그램 〈궤변 말하기 대회〉의 영향력은 상당했다. 무서운 궤변이 나온 날은 식량 사재기가 일어나기도 했다.

"어제 우승한 궤변이 진짜면 내일 당장 전쟁이 터질지도 몰라. 남들이 다 사기 전에 우리도 빨리 사야 한다니까?"

경제 관련 궤변이 나오면 주가가 흔들리기도 했다.

"이런 씨! 진짜 폭락했어! 그깟 궤변이 뭐라고 다 던지는 거야!"

"화폐에 유통기한이 있다는 걸 사람들이 진짜 믿는다고? 그거 진짜야 뭐야?"

자살한 사람들의 유서에서도 〈궤변 말하기 대회〉가 종종 언급됐다.

"그가 말한 것처럼 어차피 이 세상이 가짜라면 저는 더 살아갈 이유가 없다고 봅니다."

궤변의 영향으로 싸움이 일어나는 건 흔한 일이었다.

"제가 그 종교는 거짓이라고 말했죠? 그럴 줄 알았습니다."

"그건 다 궤변이라니까! 그걸 믿는다는 게 어이가 없네, 진짜!"

"근거가 딱 떨어지지 않습니까? 안 믿을 이유가 없지요."

이렇게나 많은 사회적 혼란과 불안을 야기함에도 〈궤변 말하기 대회〉는 TV만 틀면 재방송이 나올 정도였다. 사람들은 그것이 프로그램의 인기 때문이라고 믿었다.

이런 국민 방송에 출연한 뒤로 마루한은 주변에서 방송 잘 봤다는 이야기를 정말 많이 듣게 되었다. 그때마다 그는 불만이 가득했다.

"가장 중요한 내용을 편집했다니까!"

그의 말에 사람들은 별로 관심이 없었지만, 마루한에게는 다른 방법이 있었다. 그는 뜻을 같이하는 동료들과 게릴라 시위를 계획했다. 오랜 준비 끝에 겨우 찾아낸 최적의 타이밍. 어렵게 모든 감시를 피한 그들은 독재 타도 피켓을 들고 광장으로 뛰쳐나갔다.

"수십 년간 이어진 독재를 끝내야만 합니다!"
"모두 함께 깨어납시다!"

목청이 터져라 외치던 그때, TV에서는 〈궤변 말하기 대회〉가 깜짝 방영되었다.

[안녕하십니까, 최무정입니다! 〈궤변 말하기 대회〉 특별 게릴라 생방송을 진행합니다!]

사람들은 갑작스러운 이벤트에 열광하며 TV 앞에 모여 앉았다.

[자, 과연 오늘은 어떤 궤변이 나올지요? 아주 특별한 궤변이 지금 곧 시작합니다! 한시도 눈을 떼지 마시길!]

# 작가의 말

제가 작가가 된 후 들었던 가장 인상 깊은 칭찬이 있습니다. 공장에서 함께 일했던 동료가 제 글을 보고 "와, 너 진짜 거짓말 잘 친다"라고 했던 말입니다. 처음 들었을 땐 기분이 오묘했지만, 순수한 칭찬이라고 받아들였습니다. 동료에게는 나름대로 극찬의 표현이었던 겁니다. 생각해 보면 틀린 표현은 아닙니다. 소설은 결국 작가가 지어낸 이야기니까요. 저는 그때부터 어떻게 거짓말을 잘해 볼까 고민했던 것 같습니다.

아예 작정하고 거짓말 판을 깔아 보자는 생각으로 글을 쓰다가, 당시 유행하던 오디션 프로그램에 꽂혔습니다. 거짓말 오디션 프로그램이 방영되면 되게 재밌을 것 같더군요. 그 생각에서 탄생한 이야기가 『궤변 말하기 대회』입니다. 솔직히 말하자면 한두 편만 쓰고 말 생각이었는데, 출판사에서 시리즈로 계속 써도 재밌을 것 같다고 제안했습니다. 특별히 부담을 주는 것도 아니라서 생각날 때마다 한 편씩 썼는데, 설마 정말로 책이 나올 줄이야? 잊고 있던 적금을 탄 것처럼 기분이 좋습니다.

이 책의 궤변들을 보면 느껴지겠지만, 다 헛소리입니다. 그래서 저는 즐거웠습니다. 제목부터 아예 '궤변'이라는 조건을 달고 나니까 부담 없이 마음껏 헛소리를 할 수 있었습니다. 오히려 헛소리의 강도가 높을수록 잘 쓴 판국이라, 정말 말도 안 되는 상상을 마음껏 즐겼습니다. 심지어 몇 편은 설득력을 무시하고 너무 나가는 바람에 책에 실리지도 못했습니다. (장풍을 쏘면 며칠 뒤에 타격이 되는 '시간 차 아도겐'을 쓰는 사람, '숟가락'이라는 단어를 임신시킨 남자, 현 인류가 초상권 문제로 교체된 짝퉁 인간이라는 사람, 영혼은 우주의 화폐라는 사람 등등.) 쓰면서도 놀이처럼 즐거운 소설이 있는데, 『궤변 말하기 대회』가 그랬습니다. 문제는 저만 즐거울 수도 있다는 거겠지요?

 '김동식 소설집'을 10권으로 마무리하면서 다음 작품은 색다른 시도를 해 보겠다고 약속했습니다. 독자분들이 기대하시는 건 아마 장편이겠지만, 그 길은 아직 제게 멉니다. 부족하게나마 이렇게 느슨한 연작소설을 내놓게 되었는데, 과연 여러분께서 어떻게 느끼실지 궁금합니다. 새로운 시도에 응원을 해주실지, 아니면 하던 거나 하라고 말씀하실지요. 하하하.

김동식 연작소설

# 궤변 말하기 대회

2022년 7월 29일 1판 1쇄 발행
2022년 12월 7일 1판 2쇄 발행


지은이　김동식

펴낸이　한기호

책임편집　염경원

편 집　도은숙, 정안나, 유태선, 김미향, 김현구

마케팅　윤수연

경영지원　국순근

펴낸곳　요다

출판등록　2017년 9월 5일 제2017-000238호

주소　04029 서울시 마포구 동교로 12안길 14 삼성빌딩 A동 2층

전화　02-336-5675　팩스 02-337-5347

이메일　kpm@kpm21.co.kr

ISBN　979-11-90749-44-2 (03810)